JN178447
マリアンヌ
隣国・カルドニア王国の元王妃。理不尽な嫉妬と奸計にハメられ、顔に傷を負わされて売り飛ばされた。ローレンスの【回復】によって完治し、奴隷として忠誠を誓う。
フレイム
出来損ないとして親に捨てられたドラゴノイド。瀕死の重傷を負っていたが、ローレンスの【回復】によって完治した。結果、ローレンスに対して強い愛と忠誠心を抱くことに。
ローレンス・ウェストガフ
ブラック企業で過労死し、領主の息子として転生した。【奴隷使役】と【回復】スキルの持つ真の力を利用して奴隷だけの秘密結社を作り、スローライフを目論むのだが……？
フラン
隣接している領地、クウィスト家の領主の娘。じゃじゃ馬で天真爛漫だが、ローレンスの隣に立てる人間になれるよう、目標に向かって努力出来る頑張りやのお嬢様。

「あっ、ご、ご主人様っ!?
今日は凄い、激しいっ！」

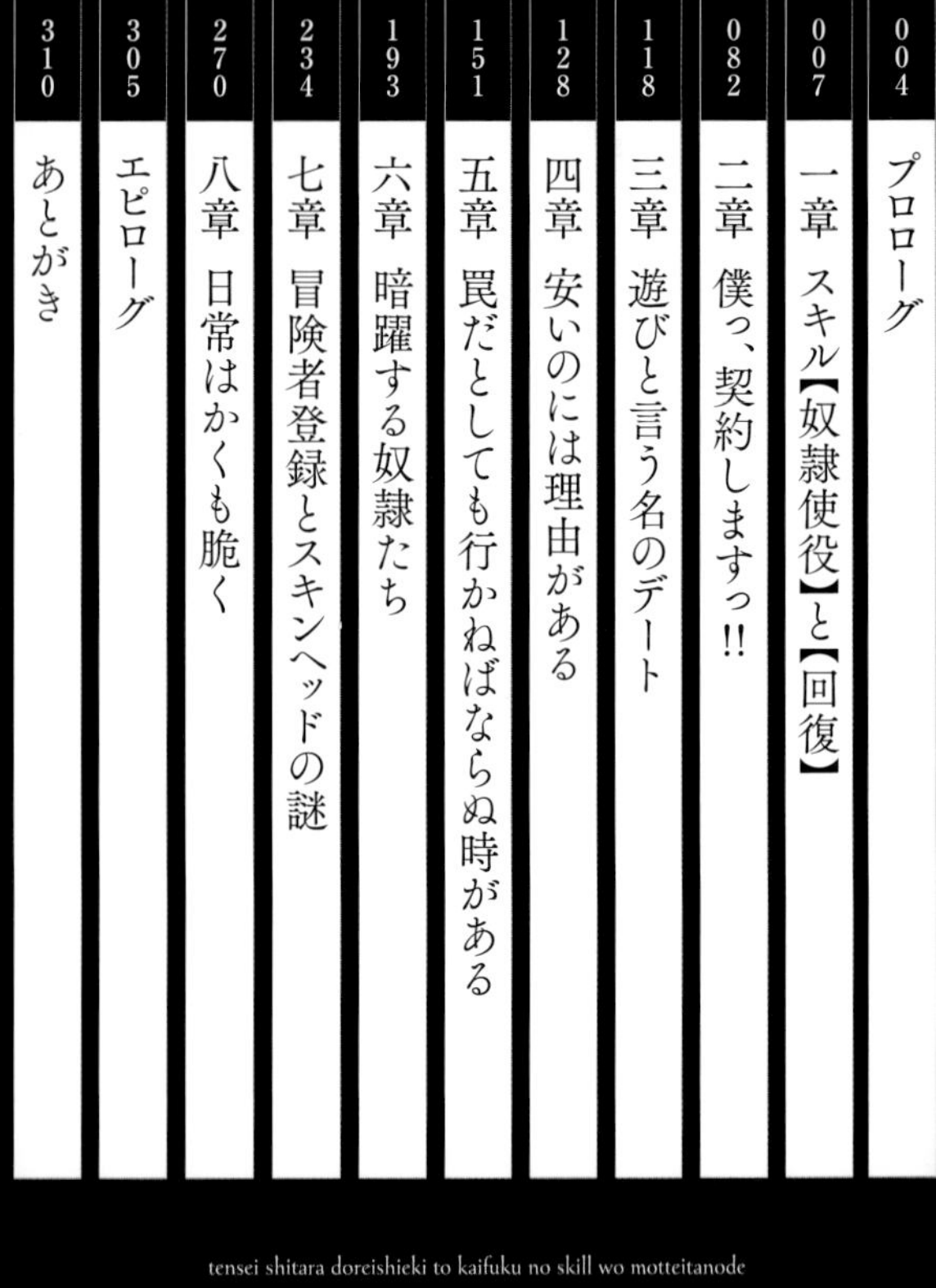

004 プロローグ
007 一章 スキル【奴隷使役】と【回復】
082 二章 僕っ、契約しますっ!!
118 三章 遊びと言う名のデート
128 四章 安いのには理由がある
151 五章 罠だとしても行かねばならぬ時がある
193 六章 暗躍する奴隷たち
234 七章 冒険者登録とスキンヘッドの謎
270 八章 日常はかくも脆く
305 エピローグ
310 あとがき

tensei shitara doreishieki to kaifuku no skill wo motteitanode
asobihanbun de dorei dakeno himitsukessya wo tsukuttemita

転生したら奴隷使役と回復のスキルを持っていたので遊び半分で奴隷だけの秘密結社を作ってみた

Crosis

ファンタジア文庫

3469

口絵・本文イラスト　あゆま紗由

転生したら奴隷使役と回復のスキルを持っていたので
遊び半分で奴隷だけの秘密結社を作ってみた

tensei shitara doreishieki to
kaifuku no skill wo motteitanode
asobihanbun de dorei dakeno
himitsukessya wo tsukuttemita

プロローグ

目が覚めると見知らぬ天井であった。月並みな表現となってしまうのだが実際に見知らぬ天井なのだから仕方がないと俺は思う。

そして俺は今この状況を整理するために昨日の事を思い出す事にする。

昨日は確か仕事のストレスを忘れ去る為(ため)にストロングワンの缶酎ハイを、四本目を開けたところで記憶が途切れている。自慢ではないが当然アルコール度数は九パーセントである。

そして、どうやら記憶が飛ぶくらい酔ってしまったのであろう事を……今この現状を鑑(かんが)みるに推理する事ができる。

やっちまったと思うもののやってしまったものは仕方がない。

最悪遅刻も覚悟しなければと思うと一気にテンションが下がる思いだ。

とりあえず今この状況がどういうものであるか確認するべく身体(からだ)を起き上がらせて周囲

を見回そうとしたところで俺は違和感を覚える。

どんなに力を入れようとしても身体が起き上がらないのだ。

ついに日々の不摂生が身体に深刻なダメージとして表れ始めたかと思うのだが、他にも妙におかしな点がある。

身体を起こそうとした時に視界に入って来た腕がパンパンに、それこそ正に赤子の腕と見紛うほど腫れているにもかかわらず痛みどころか痒みすら感じないという事に俺は恐怖を感じてしまう。

これ、マジでヤバい奴なのではないか？

正直こうなってしまう要因はあり過ぎて『あ、俺死ぬんだな』と素直に思えた。

生まれ変わる事ができたのならば、次は三十半ばで死なないようにせめて健康には気を付けようと思う。

どうせ今から健康的な生活をしたところでどうにもならないだろう事は薄々気付いていて見て見ぬふりをして不摂生な生活をしていたのだから自業自得な結末と言えよう。

「あら、起きたのね？　私の可愛いローレンス」

「…………あう？」

ん？　ちょっと待って欲しい。誰だこの巨人かつ美人は？

これが、俺がこの世界に転生した時の最初の記憶であった。

一章・スキル【奴隷使役】と【回復】

あれから三年が経った。

流石に三年間もこの世界で過ごすと色々分かった事もある。まず初めに俺は恐らく前世では職場でのストレスと毎日の不摂生で死んでしまったのだろう。

毎日暴飲暴食に運動もせずブラック企業で抱えきれない程のストレスを与えられる生活をしていたのならば当たり前だろうと思う。

そして次に今の俺の名前はローレンス・ウェストガフという。どうやら貴族の生まれのようであり、両親共に優しく、理想の環境と言って差し支えないだろう。

もしかしたら前世の俺を見た神様が不憫に思ってくれて、今世は好待遇をしてくれたのかもしれない。

そしてこの世界は俺が生前ハマっていたＶＲＭＭＯＲＰＧの世界に酷似しているのである。

この時ほど神様仏様に感謝した事はないね。

さて、話を戻すとして俺の五つ上には神童と呼ばれる兄上がいる。

普通であればこの状況の俺は家業を継げないのでマイナス面であるのだがこの世界は俺がやり込んでいたゲーム（三年間過ごしてきた限りでは）に限りなく酷似している事を鑑みればむしろ貴族の面倒くさいあれやこれやその他全てを兄上に丸投げできるという考え方もでき、正直言って俺からすれば願ったり叶ったりである。

貴族の煌びやかな世界を体験してみたくはないか？　と聞かれれば勿論体験してみたいのだが、そんな事よりも俺はできる限り今世においては働きたくないと考えており、それは貴族の暮らしと比べるまでもなく、スローライフを俺は選ぶ。

そもそも前世では文字通り死ぬほど働いたのだから生まれ変わってまで働きたくないので策を練る。

その策とは前世の知識を生かし、できる限り働かずしてゆっくりのんびりと暮らす。

今世ではこれを第一の目標として過ごす事こそが俺の使命と言っても良いだろう。

とりあえずここがゲームの世界通りならばもう少し経つと俺も教会でスキルの儀、いわゆる授かったスキルが何なのか確認するので、具体的なスローライフ生活方法を真剣に練るのは、自分が持つスキルが分かってからでも良いだろう。

それまではお父様の書斎にある魔術書で魔術の一つでも覚えていた方が有意義である。

このスキルの儀なのだが、人は皆最低一つのスキルを持っており【火の友】ならば炎属性の魔術の威力が一割上昇し、【炎の使い】ならば二割上昇するといった感じである。

そしてそれらスキルは多種多様であり、それこそ自身の身体能力が全体的に二割上昇する【騎士】のスキル等を引き当てる事ができれば大当たりといった感じだ。

ちなみに兄上は【極炎】のスキル持ちで、スキルの効果は炎属性の魔術の威力が五割上昇するという性能である。

ゲームの知識では炎属性のスキルは【炎帝】が一番上にあり、【極炎】はその次に能力上昇値が高いスキルである。

スキル【炎帝】の効果は炎属性の魔術の威力が二倍になるというぶっ壊れどころの話ではないスキルなのだが、まずゲームの知識がないと取得できないスキルの上に、生まれながらに持っているのはドラゴンなどの上位種族のみである。

すなわち人族では炎属性最高のスキルを兄上は所持している事になる。

そりゃ神童だと持て囃(はや)されるわけだ。

そして俺は逆に、できればゴミスキルが良いなと思っている。

というのも両親や兄上との会話を聞く限り知らないみたいなのだが、最大五つまでスキルを加える事ができる上に要らないと思ったスキルは外す事ができるのである。

ゲーム通りであるのならば、なのだが。

その為、俺がしょぼいスキルであればあるほど兄上の輝かしいスキルの陰に隠れて目立つことはまず無いだろうという魂胆であり、ようは兄上を隠れ蓑にしたいという事だ。

腐っても貴族。

変に良いスキルを得てしまったばっかりに婚約者を作られてはたまったものではない。

俺の趣味に無関係な人間を巻き込むなど精神的に耐えられない。

何故折角ブラック企業から解放されたのに今世でもストレスを抱えて生きて行かなければならないのか。

目指せストレスフリー生活である。

そんなこんなで月日は流れてスキルの儀を受ける日が翌日という時までついに来た。

「大丈夫よ、ローレンス。あんなに魔術書を読んで火、水、土、風の初級魔術を覚えていたんですもの。あのトーマスお兄ちゃんでさえローレンスと同じ歳の頃は火の初級魔術を覚えるのでやっとだったのよ」

「そう変に期待させると余計に不安になるのではないかね？　ペニー」

「それもそうね、エドワード。別に私たちはローレンスがどんなスキルを得たとしても今まで通り変わらず愛していると誓うわ。だから、胸を張ってスキルの儀を受けて来なさい」

俺が不安げに過ごしていると明日のスキルの儀に緊張しているのだろうと思った両親はわざわざ俺を慰めながら頭を撫(な)でてくれる。

良い両親である。

そんな俺が、まさか『明日ショボいスキルが当たりますように』と願っているとは夢にも思わないだろう。

「はいっ！　お母様っ！　それと、お父様もわざわざ僕を気遣ってくれてありがとうございますっ‼」

しかしながら俺の考えを教える訳もなく、この日は家族でゆっくりと過ごすのであった。

◆

そんなこんなで緊張しつつもその日はやって来た。

天気は雲一つない晴天。まるで俺の門出を祝ってくれているようにすら思う。

「頑張ってね、ローレンス。私たちは部屋の外で見守っているからね？」

「どんな結果になろうともウェストガフ家として胸を張って戻ってこい」

「どんなスキルだろうと俺にとっては自慢の弟だ。それを忘れるな」

そして街にあるゴシック調の教会に着くや否や俺の為に心配してくれている家族たちに、本当に良い家族に恵まれたものだと思うのだが、大衆の面前でそれをされると少し恥ずかしいので、できれば来るまでの馬車の中でやってもらいたかった。

そんなこんなで家族そろって教会に行くと、女性の神官に今日来た用件を説明して別室へと案内される。

部屋には水晶が置かれた腰くらいの高さの細長い台以外は何も無く、壁も床も白一色であるのだが、それが非日常的な雰囲気を醸し出している。

「この水晶に手をかざしてください。数秒すればスキルが浮かび上がりますので」

「はいっ！　わかりましたっ！」

見よ、この堂に入ったショタ力を。どっからどう見ても活発で愛想のいいショタであろう。

そんな、元気溌剌といった俺を見て神官さんも微笑みを返してくれる。

できる事なら子供の身分を最大限に利用して神官さんの胸に飛び込みたいという欲求を

抑え、俺は言われた通りに水晶へ手をかざしながら、一つの仮説を立てる。

この世界の住人がスキルについてそこまで詳しくないのは主にこのスキルの儀が大きいのではないかと思っている。

というのもゲームではステータス画面から常にスキルを確認できるのだが、これはゲームだからこそできる話であり、実際にスキルを確認する為にはこうして教会まで行き水晶に手をかざさなければならないのである。

これはハッキリ言って面倒臭い。

また、それと同時にスキルは不変のものという概念も拍車をかけ、一度スキルの儀をした後に再度お金を払ってまで（三歳の誕生日以外は有料）自分のスキルを確認する者もいないだろうし、スキルの儀は子供のするものと考えている人も多く、大人になってからスキルの儀を行う者はまずいない。

「う、浮かび上がりました………で、ですがこれは……」

そこまで考えた所でどうやら俺のスキルが浮かび上がったみたいである。

はやる気持ちを抑えながら確認すると、そこには【奴隷使役】【回復】の二つのスキルが浮かび上がっているではないか。

ダブルスキルか……かなり珍しいので持て囃されては困るのだがスキル自体は兄上と比

べても明らかに見劣りするので何とか当初の目標であった兄の陰に隠れた地味な弟というポジションにはいられそうで安堵(あんど)する。

というかこの世界では無能スキル扱いされているものの【奴隷使役】と【回復】のスキルはなかなか使い勝手の良いスキルだとは思うのだが、その事を知る由(よし)もない神官さんが冷や汗をかきながらワナワナと震え出したかと思うと血相を変えて部屋を出て両親の元へと駆け出していくではないか。

「ローレンスちゃんっ!」

「ローレンスっ‼」

「ロ、ローレンスっ‼」

そして何をどのように説明されたのか、血相を変えて部屋へと両親と兄上が俺の名前を呼びながら入ってくると囲うように全員からぎゅっと力強く抱きしめられてしまう。

この日、俺のスキルのうち【奴隷使役】は非公開とする事が家族間の話し合いで決まるのであった。

◆

あれから一週間、家族からはかなり慰められ今も俺の事を遠くから悲しげに眺めてくる。
俺からすれば、何ならスキルなしでもやっていける自信しかないのでむしろ逆にこの優しさが辛い。

まるでそこまで大切ではなかった物を『大切な物を壊してしまった』と冗談のつもりで言ったのが冗談では済まなくなり、両親からは『代わりにはできないかもしれないけどこれで欲しい物を買ってきなさい』と少なくないお小遣いを貰い、兄上からは『代わりに俺の大切な物をあげよう』と兄上の大切な物を譲ってもらったような後ろめたさを感じてしまう。

しかしながらここで俺が『実はこの世界は俺が前世で過ごしていたゲームの世界にそっくりで、スキルも好きなスキルに付け替えができるんだ』と言った所で信じてもらえるわけがないし、余計に『スキルの儀の結果から現実逃避をしようとしている』と思われて今より心配させてしまいかねない。

ならば俺自身が『全然気にしていない』と家族の不安が消えるまでアピールし続けるべきであろうと思っていたそんな時である。俺はお父様に呼ばれたので一緒に書斎へ行く。

「ローレンス。お前はまだ三歳だからこの状況がどういう事か理解できていないのだろうが、いずれ大人になった時に家族だけはお前の味方である事を――」

そして、ここ最近毎日何度も聞かされる内容からお父様の話は始まった。

この話の内容なのだが、俺が覚えたスキルは、今では奴隷契約という魔術が確立されてしまい何の意味もない【奴隷使役】というスキルに、少しだけスキルをかけた相手の治癒能力が上昇するだけの【回復】というスキルであり、いわばスキル無しに近い状態なのだという事と、そしてそんな俺にも家族だけはずっと俺の味方であるという事の二点をまだ三歳の俺にも分かりやすいように噛み砕いてくれたものである。

お父様は騙そうと思えばいくらでも騙せた筈なのだが、逃げる事をせず真っ正面から、まだ三歳である俺を一人の人間として対応してくれたのである。

逃げる事は簡単だし、三歳の子供を騙す事など造作もないだろうに。

本当に、こんな俺には勿体無いくらいできた父親だ。

だからこそ俺もお父様を一人の男性として対応してみようと思えた。

なので俺はお父様には、俺の取得したスキル二つについて全てを話そうと決心する。

きっとお父様ならば子供の戯言だと馬鹿にしないという信頼もしている。

その根拠なんて『俺がそう思ったから』で十分だろう。

そして俺は一つ深呼吸をするとお父様であるエドワード・ウェストガフに向かって、この世界に来て初めて子供の仮面を外して真剣な表情で見つめ、口を開く。

「お父様、その事についてお話があります」

「…………お前は一体誰だ……いや、お前が誰であろうと俺と妻の子供のローレンスだな。すまん。それで、話とは何だ？」

その俺の変わりように一瞬だけお父様は訝しんだのだが、直ぐにその表情を消し去ると俺へと視線を向けなおす。

「スキル【奴隷使役】とスキル【回復】の有能性についてでございます」

そして俺はこの二つのスキルについて話し始めた。

流石にスキルの入れ替えについてはこの世界の根幹を覆しかねないので話せないのだが、いつか万が一必要な時が来たらその時には話そうと思う。

とりあえず、まずはこのスキル【奴隷使役】なのだが、使役した奴隷の忠誠度がマックスになると、その奴隷が覚えているスキルを使えるという能力なのである。

はっきり言ってこの能力だけ聞けばぶっ壊れなのだが基本的にゲームの世界ではそこまで使えるスキルを持った奴隷は多くない上に自分の選んだジョブにあったスキルをスキル変更によって厳選するのも面倒であるという事。

簡単にいうと奴隷の個体値ガチャの後に奴隷のスキルガチャ（プレイヤーと違ってストーリーなどでスキルを取得できないため特定の課金アイテムでランダム交換をする）をし

なければならない。

そしてゲームでは使役できる奴隷はシステム的に二人までと決まっているのだ。

早い話が膨大な時間と金があれば奴隷使役の能力は『実質そこそこ強いスキル二つになるよね』という程度のスキルなのだが、この世界には奴隷制限に縛りは当然ないわけで。

現実の世界ではゲームと違い奴隷を大勢使役しても遅延も落ちる事もなければゲームバランスなどによる規制も当然ない。

そして次にスキル【回復】なのだが、どんな難病でも毎日かけ続ければそれ以上進行する事もない上に、スキルのレベルを上げれば完治まであり得るほどの万能スキルなのである。

これがあまり知られていないのはやはり【聖女】や【神官】などのスキルが存在するせいであろう。

スキル【聖女】は珍しいのだがそれでも五十年に一人は生まれてくるし、スキル【神官】にいたっては確かに珍しい事は珍しいのだが、そこそこ珍しいという程度であり二百人に一人は毎年生まれている。

そして、怪我(けが)や病になった時はスキル【回復】を持つ者よりもスキル【神官】を持つ者へ皆治してもらいに行くのである。

ちなみにスキル【神官】はその者が負っているダメージを回復させる事はできるのだがスキル【回復】とは違って怪我や病そのものを治癒させる事はできない。

しかしながら回復と違いダメージを回復させるという事はその者の体力も回復させるという事で、スキル【神官】を発動した瞬間は楽になるのに対してスキル【回復】は体力を回復しない為、どうしてもスキル【神官】の方が効果があると思われてしまっているのだろう。

ゲームなどではパラメーターを見る事ができるため体力回復にはスキル【神官】を、状態異常にはスキル【回復】をと使い分ける必要があるためヒーラー役はこの二つのスキルを持っている事が最低条件となっている。

そしてスキル【聖女】は両方の効果を持っているのだが効果は半減と痒い所に手が届かないようになっている。

その事を俺は分かりやすく懇切丁寧にお父様に説明していく。

初めは難しい顔をしていたお父様も俺があまりにも詳しく説明をしていく事により、全てを受け入れる訳ではないが、話半分程度には信用しても良いだろうという表情へと変わっていくのが分かる。

ここまで来れば俺の目的は達成したと言っても良いだろう。

そして俺はここで、人生を賭けたお願いをお父様にする。

「しかしながら、いきなりたかが三歳の子供である僕の話を全て信用しろというのも無理な話であるという事は理解しております。ですのでお父様、僕に奴隷を買ってはくれませんか？」

普通に考えて三歳の子供に奴隷を買い与えるというのはあり得ないし、普通の親であれば先ず説教コースだろう。

しかし相手は三歳の子供の話を真剣に聞いてくれたお父様である為、きっと俺の願いを叶えてくれると、俺はお父様を信じていた。

「………分かった。来週の休日で良いかい？」

「は、はいっ！　ありがとうございますっ！」

お父様は少しだけ考えた後に今度の休日奴隷を買ってくれると言ってくれたのであった。

◆

そして待望の休日がやって来た。

はっきり言って昨日は興奮しすぎてあまり眠れなかったのだが、眠気よりも興奮の方が優（まさ）っており眠たいとすら思わない。

「大丈夫か？　ローレンス。体調が優れないようならば後日に変更しても良いんだぞ？」

「いえ、大丈夫です。あの日から僕は今日が来ることだけを楽しみに過ごして来ましたから」

そんな俺を見てお父様はわざわざ体調を気遣ってくださり、後日俺の体調が良くなった時に変更しようかと提案してくるのだが、俺はそれを食い気味に断固拒否する。

お父様の優しさは嬉（うれ）しいのだが、正直言って俺は今日這（は）ってでも行く覚悟をして挑むつもりだ。

「そうか。だが無理そうなら早めにお父さんに言うんだぞ？　別に今日しかダメだという事でもないんだ。その時はまた後日連れていってあげるさ」

やはりお父様はどこまで行っても優しいのだが、自慢ではないが欲しいものが目の前にぶら下げられている状態で次の休みなど待てるほどの心の余裕は今の俺には無いのである。

「分かりました。本当に体調が優れないと思った時はちゃんとお父様に言いますので」

「ああ。ならばこれは男と男との約束だ」

そしてお父様は俺の返事に大きく頷（うなず）くと『男の約束』だと右手で拳を俺の方へ突き出してくるので、俺も右手拳を突き出してお父様の拳にコツンと当てる。

「あらあら、少し見ないうちにもうローレンスは男の子になっちゃって」

そんな光景をお母様が微笑ましく眺めているのであった。


初めていく奴隷商の店は想像とは違いかなり立派な建物で、その中も小綺麗にしていた。

「奴隷商と言ってもピンキリだ。今回の奴隷はローレンスへ買い与えるという事なので貴族御用達の奴隷商である為当然外装も内装も手入れが行き届いており、揃えられている奴隷たちもまた一級品だ。そして他の奴隷商よりも少し高めの金額設定になっているが、それ故に種族を偽ったり、違法入手の奴隷を売ったりするような心配も無い」

「……成程」

緊張した俺の様子を見てお父様が説明してくれるのだが、こないだのスキルのやり取りのお陰か俺ならこれでも理解できると判断したのだろう。言葉をわざわざ三歳向けに崩す事もなく大人相手に対応するように話してくれる。

要はこの奴隷商は商品である奴隷とは別途品質と安全をセットで販売しているという事か。

「どうしたローレンス。少し残念そうな表情をしているが、行きたかった奴隷商が他にあったのか？」

「いえ、そういう事ではないのです。ただ、僕の持つ二つのスキル【奴隷使役】と【回復】のレベルをこの際だから同時に上げようと思っていたのですが、高品質の奴隷しか扱わない奴隷商でしたら逆にスキル【回復】を使う必要も無いような奴隷しかいないのかも、と思いまして。しかし、だからと言って違法奴隷は買いたくないですしどうしたものかと……」

お父様は俺が少しだけ残念そうな表情をしていた事を見逃さずに何か不満なのか聞いて来たので、本心を包み隠さず答えると「そうか」と呟き思案している様子。

何か考えがあるのだろうか？

そんな事を思いながら俺はお父様と一緒に奴隷商の受付へと進んだ。案内された客間で支配人を待っているとノックが聞こえ、支配人と付き添いの女性が入室してくる。

「初めまして、私はここの奴隷商を任されております支配人のオークス、そしてこちらが副支配人のサラでございます」

ここの支配人というオークスは、身長は高くすらっとしており髪の毛をオールバックでまとめてメガネをかけた、いかにも仕事ができるといった感じの男性で、副支配人のサラもまた長髪を後ろで纏めてスーツを着こなし、できる女性といった感じである。

「ああ、初めまして。私の事は既に知っているとは思うが、エドワード・ウェストガフで、隣にいるのが息子のローレンスだ」

そんな感じで互いに自己紹介を済ませて、オークスが机を挟んで対面の席へと座ると奴隷が載っているであろう資料がまとめられたファイルを渡そうとしてくるのだが、お父様がそれを手で制する。

まるで初めから決めている奴隷がいるかのようだ。

「資料は構わない。それで、こないだ処刑された元魔術師協会会長であるフルーダの元に売られた中で帰ってきた生き残りはいるか？」

「は、はい。一名おりますが……とてもではないですが販売できるものではございません。誠に申し訳ないのですが――」

「構わない。必要であれば『何かあった場合は全てこちらの責任でありそちらには損害を与えないし噂話（うわさばなし）も一切しない』という魔術契約を結んでも良い。何なら相場以上の値段をつけても良いと思っている」

「……さ、流石にあの者を販売することは最悪弊社の築き上げてきた信頼が崩れ去ってしまう可能性がございますので一度オーナーへ連絡を入れて確認させていただきます」

そしてオークスは公爵であるお父様と、自身の勤めている会社の理念との間で板挟みになってしまい自分では判断できないと思ったのかオーナーへ連絡を入れて相談してくると言うと、サラと一緒に一旦部屋から出ていく。

「ローレンス」

「どうしました？　お父様」

「スキルのレベルが上がればその効果も上がる事は分かったのだが、ローレンスの持っているスキル【回復】はレベルが上がると現状維持から完治に進み出すというのは、例えばだが欠損部位なども再生はできたりするのか？」

「あ、はい。欠損部位が再生できるようになるまでにはかなりの年月が必要なのですが」

「そうか……。とりあえず、もしこれでローレンスの話が本当だとすれば我が一族門外不出、それも最重要の部類に位置付ける事になるな」

自分としてはこの情報は広めた方が良い気もするのだが、この世界の根底を覆してしまう程の情報ともなると逆に表に出さない方が良い事が多いだろう。

「大変お待たせいたしました。オーナーと話し合った結果、先程提示していただきました契約をし、たとえ何があったとしても表に広めないという条件であれば販売しても良いという許しをいただきました。つきましてはこちらの書類にサインをお願いします」

どうやらオーナーから当該奴隷の販売許可が出たという事で、お父様が書類を読み終えた後ペンに魔力を込めてサインをし、それをオークスが丁寧に仕舞う。

「では、ご案内いたしますのでこちらへ」

そしてオークスに案内された部屋。そこには生きているかどうかも分からないほど衰弱したドラゴノイドの女性がベッドに寝かされていた。

「見ての通りでございます。彼女は元魔術師協会会長であったフルーダから魔臓を抜き取られており明日死んでもおかしくない状況です。再度伺いますが、それでも本当に宜しいのでしょうか？」

「構わない。言い値で買い取ろう」

オークスは今の奴隷の状態を見てもまだ買いますか？　と最終確認をし、お父様がそれに意思は変わらない旨を伝える。

そしてこの日、俺に初めての奴隷ができたのであった。

◆

お父様に奴隷を買ってもらった俺は早速昏睡状態のドラゴノイドの彼女との奴隷契約を済ませて、帰りの馬車の中で彼女の手を握りスキル【回復】を常時発動状態にする。

俺の初めての奴隷となったドラゴノイドの彼女なのだが、オークス曰く出来損ないとして親に捨てられたらしく、その上に魔臓を抜かれていつ死んでもおかしくない為、値段はほぼほぼ無料に近かった。

むしろ彼女にかかる金銭面での負担が無くなるため本当に無料でも構わないらしいのだが、この世界でも只より高いものは無いということで売買契約にて正式にここの奴隷商から購入したという確かな証拠を作る意味でも銅貨十枚での売買となった。

また、彼女の値段が安い理由の一つである『元々が無能である為本来の価値そのものが低い』というのも大きいのだろう。

それが逆に元魔術師協会会長のフルーダからすれば良質なドラゴノイドの魔臓を手に入れるという最大のメリットとなってしまったようである。

何とも聞くだけで不幸すぎる彼女の人生に、無意識のうちにその手を握る手に力が入ると共に、俺の元で絶対に生まれてきて良かったと言わせてやると誓う。

しかし、このドラゴノイドなのだが首筋や頬の一部、手足の先にドラゴンのような鱗、お尻には大きな尻尾と背中には立派な翼が生えており、今まさに生死の境を彷徨っているであろう彼女には悪いのだが、人間の姿以外の個所はまさにドラゴンといった身体付きの彼女を見ると異世界に来たんだという高揚感が沸々と湧き上がってくる。

それにしても、スキルのレベルを上げる為とはいえ常時発動させるというのは想像以上に疲れるので、一度使えば効果は発動する為わざわざスキル【回復】を発動させ続ける人間が今まで現れなかったのも分かる気がする。

結局はスキル【聖女】または【神官】までの繋(つな)ぎ感覚でしか用途が無かったのだろう。

これでは折角スキル【回復】を取得できたとしてもレベルは一向に上がらないわけである。

そして、俺は力を使い果たしたのかいつの間にか眠っていたらしい。

お父様に軽く揺さぶられてようやく馬車が家に着いた事に気づく。

「お疲れ様。とりあえず今日は休みなさい」

「はい、お父様。そうさせてもらいます。彼女は僕の部屋へ新しいベッドと共に運んで来ていただけるとありがたいです」

そして彼女は執事に、俺はお父様に抱き抱えられながら俺の部屋に戻るのであった。

◆

「……い、生きてる？　わ、私まだ生きてるの？　それともここが天国かしら？」

初めてお父様に奴隷を買ってもらってから約半年近く経った時、体調が良くなったのか目を覚ました様子のドラゴノイドの女性は、辺りをキョロキョロと見渡しているのだが、どこか信じられないような感覚なのだろう事が彼女の言動からも伝わってくる。

そもそも魔臓を奪われた挙句に目を覚ましたら見知らぬ天井となれば俺だって死後の世界と勘違いをしてしまうかもしれないので、こればかりは仕方のない事なのかもしれない。

「よ、良かった……本当に良かった……っ！」

しかしながら今はそんな事よりも、彼女の容態が回復に向かっているという事が何よりの朗報であり、それに伴いやらなければならない事を最優先に考えなければならないだろう。

そして俺は側に置いてあるハンドベルを鳴らして使用人を呼ぶと彼女が目覚めた事をお父様にお知らせするように指示を出す。

するとお父様は一分もせずにすっ飛んできた。

当たり前だ。

彼女の容態が回復しているという事はあの日俺が説明した事の中でスキル【回復】については正しかったという事が立証されたという事でもあるのだ。

それはまさに世界の常識が覆る瞬間でもあり、すっ飛んでくるのも分かる。

そう俺は思っていたのだがお父様は目覚めたばかりでまだ虚ろな状態の彼女を見て立ち止まると「本当に、良かった」と小さくこぼしながら目に涙を溜（た）めているではないか。

お父様は、勿論（もちろん）俺の説明した内容が正しかった事が立証されたという事も分かっているだろうが、それよりも彼女の容態が良くなった事を喜んでくれたのである。

　そのお父様の姿を見て俺は心の底からこの家族の息子として生まれてきて本当に良かったと思う。

「それでは、私の身体（からだ）を治療して下さったのが今目の前にいるご子息で、そして私のご主人様でもあるという事でよろしいのでしょうか？」

　後からメイド長も駆けつけてくれて、とりあえず一旦男性陣は部屋の外へ出て、彼女を着替えさせてから今までの経緯をお父様が説明する。

　そしてお父様の説明を聞いた彼女はにわかに信じがたいといった表情で俺を見つめてくるのだが、だからといって別に腹が立ったりなどはしない。

　俺が逆の立場だったとしても、まだ三歳と少ししか歳（とし）を取っていない子供に助けられたのだと言われても信じられないだろう。

「はい。貴女（あなた）の主（あるじ）は僕で間違いありませんし、貴女を治療したのも僕で間違いありません。

しかしながらまだ子供である僕の言葉を今すぐに信用できるとは思えませんし、信用しろとも命令はしません。これに関してはこれからその目で確認していただき少しずつ信用してもらえればと思っております」

「は、はい。分かりました」

「それと、もしよければ貴女の名前を教えていただけませんか？　因みに僕の名前はローレンス・ウェストガフといいます」

「あ、そ、その……私の名前は……えっと……」

「言いたくなければ無理に言う必要はありませんよ」

　とりあえず彼女が目覚めた時真っ先に名前を聞こうと思っていたので早速聞いてみたのだが、どうやら言いたくなさそうな雰囲気である為、無理に言わせる必要もないだろう。

　彼女には他人に言えない過去の一つや二つあるだろうし、思い出したくもない過去も当然あるのだろうし、それらと名前がリンクしている可能性だってあるのだ。

　ならば無理に名前を聞き、毎回その名前で呼ぶくらいならばこちらで別途呼び名を考えてあげればいいだけである。

　そう考えた所で彼女はぽつぽつと喋り始めた。

「わ、私は……ド、ドラゴノイドで……でも、魔術の扱い方がとにかく下手で……特に一族の得意な魔術である炎属性のま、魔術がまったくもって駄目で……そ、それなのに私の名前はフレイムなんですよ。両親が『ドラゴノイドで一番炎魔術に長けた人になって欲しい』という願いを込めて名付けたそうです……。でも、結果は両親に一族の恥、一族の面汚しと言われるレベルで、名前負けもいいとこですよね……。ス、スキルも兄や姉、妹や弟たちが皆炎属性のスキルの中で私だけ風属性のスキルですし……」

そう、どこか自虐的に語るフレイムなのだが、むしろ炎と風は相性がかなりいい組み合わせなのでそこまで自虐的にならなくても良いのでは？　と思ってしまう。

そもそも炎属性の魔術が使えないのならば宝の持ち腐れという事なのだろう。

もしここでゲームのようにステータスを確認できればどれだけ楽か、と思うのだが、ここはゲームに似た世界であってゲームの中の世界ではない為そんな便利なものは無い。

しかしながら赤い鱗のドラゴノイドはゲームでも炎属性の魔術を主軸に戦うので、フレイムが炎属性の魔術を上手く扱えないという事に少しだけひっかかる。

もしかしたら元々彼女の魔臓に欠陥がありうまく魔力を供給できていなかったという可能性もある為、もしかしたら魔臓がこのまま回復していくにつれて彼女の扱う魔術も威力が増していき、行使できる魔術の種類も増えていくかもしれない。

しかしながら分からないものはいくら考えても分からないので、そうなれば良いなと思いながらスキル【回復】の行使をしていくのであった。

◆

フレイムが目覚めてから一週間が経った。

治療を始めた当初から、関節が固まらないようにしっかりとケアはしていたのだが、それでも筋肉の衰えはどうしようもできず、半年間近く寝たきり状態であったフレイムは最初立つ事さえできなかった。

それがたった一週間ほどで、今では歩くどころか走る事も、何なら空を飛ぶ事もできるまでに回復している。流石ドラゴノイドだと言わざるをえない。

そんなフレイムは今、朝はメイド長に俺の世話役としてメイドのノウハウを叩き込まれ、午後からは俺の護衛として護身術を執事長から教わるというハードな毎日を過ごしている。

そのため少しハード過ぎて潰れやしないかと様子を窺いにきたのだが、その表情はイキイキとしており、楽しそうなのでその必要も無かったと一安心である。

ちなみに護身術は武術中心で覚えているのだが、元々運動神経が良かったのかドラゴノイドの身体能力も相まって成長スピードが凄いと早くも執事長から太鼓判を押してもらっているレベルである。

「あ、ご主人様っ！」

　そして視野も広く勘も鋭い。

　午後の稽古の邪魔にならないように隠れて一目見たら立ち去ろうと思っていたのだが、その一瞬をフレイムに見つかってしまったようである。

　フレイムは『ぱっ』と花開くように一瞬にして満面に笑みを浮かべ、背中に生えた一対の立派な翼で俺の元までものすごい勢いで飛んでくると、「ご主人様っ！　ご主人様っ！」と俺を抱きかかえて胸の柔らかさをこれでもかと伝えてくる。

「そんなに急がなくても逃げやしないからゆっくり来て大丈夫なんだけど？」

「早く駆けつけた分ご主人様と長く触れ合えますからっ！」

　うーん、元気になってくれたのは嬉しいのだが、妙に好かれ過ぎている気がするのは気のせいだろうか？

「では、キリもいい事ですし本日の稽古はここまでにしましょうか」

「は、はいっ‼　セバスさんっ！　ありがとうございましたっ！　明日もよろしくお願いしますっ！」

「ごめんなさい、セバスさん。僕のせいで稽古を途中で終わらせてしまったみたいで」

「問題ありませんよ、お坊ちゃま。フレイムは物覚えが良く身体能力も高いためむしろ成

長スピードが速すぎる程でございますので教える側の私も楽しく稽古させてもらっている
くらいです。一日二日休んでもそう大した問題にもならないでしょう」
そして俺が来たせいで稽古を切り上げてしまった事をセバスに謝罪すると、逆にセバス
からフレイムの能力の高さを褒められてしまい、その事が自分の事のように嬉しく思う。
「フレイムはやっぱりすごいんだねっ！」
「そ、そんな……私なんて」
そして、その嬉しさの感情そのままにフレイムを褒めると、彼女は口では謙遜している
のだが、その表情からは『褒められて物凄く嬉しい』という感情が駄々洩れである。
恐らく無意識に動いているのだろう、それを証明するかのようにフレイムの尻尾は、ま
るで犬のように左右に揺れている。
「うん、でも僕の自慢のフレイムには変わりないからっ！」
「あ、ありがとうございますっ！　こ、これからもご主人様からそう言っていただけるよ
うにより一層側仕えとしてのお勉強と鍛錬を頑張りますっ！」
「うん、やる気があるのは良い事だけど体調には気を付けて、無理だけはしないように
ね」
「はいっ！」

うん、実にいい返事と表情である。

だからこそオーバーワークが心配なので一応は指摘しておくのだが、最悪俺のスキル【回復】があるので問題は無いだろう。

それに俺に仕えるという事が今のフレイムの生きる目標というか原動力になっている気がするので好きなようにさせようと思っている。

しかしながら、俺はまだ三歳である為仕方がないと言えばそれまでなのだが、女性に抱きかかえられるというのはなかなかに恥ずかしいのだが、フレイムがそうしたいのならば俺はいくらでも抱きかかえられていようと思う。

決して、抱きかかえられる事によりフレイムの大きく実った果実の柔らかさを、しかも三歳という年齢も相まって合法的に堪能(たんのう)できるからとか、一切思っていないという事を分かって欲しい。

「英雄色を好むと言いますし、お坊ちゃまは将来傑物になられるかもしれませんね。このセバス、お坊ちゃまの将来が今から楽しみでございます」

とりあえずセバスには後日賄賂、ではなくて何か日頃の感謝のお礼を送ってやろうと思うのであった。

◆

そんなこんなで、フレイムの容態が良くなった後も俺は毎日欠かさず自分の魔力が尽きるまでスキル【回復】を行使し続けるという日々を続けた。

おそらく今の俺はスキル【回復】のレベルが一つ上がった状態ではあるのだろう。

だからこそフレイムの容態は現状維持から魔臓の再生、そして体力を回復したと考えて間違いないと思っている。

しかしながらフレイムが未だに魔術をうまく行使できない原因は俺のスキル【回復】のレベルがフレイムの魔臓を正常な状態へと治せるレベルまで達していないからなのだろう。

もしレベルがまた上ったら、その時はフレイムの魔臓が治るかもしれないという一縷の望みを抱きながらも平穏な日常を暮らし三年の歳月が経った。

俺も六歳となり、魔術の腕前も宮廷魔術騎士団に合格できるレベルであるとお母様からのお墨付きである。

因みにお母様は昔ヒーラーとして名を馳せており、その美しい容姿と相まって帝国の聖女として噂が広まる程凄かったそうである。

確かに凄いとは思うが実の父親の惚気自慢は、できれば聞きたくないものである。

そして今日も俺はお母様と魔術の勉強と実技、フレイムはセバスとの稽古を終え、俺の部屋でいつも通りフレイムをマッサージしてやりながらスキル【回復】を行使していると、急に失っていく魔力量が一気に増えた事が分かった。

「あっ、ご、ご主人様っ⁉　今日は凄い、激しいっ！」

それはいつものスキル【回復】とは違うことをフレイムも感じているようなのだが、その言い方はどうにかならないのか？　と思ってしまう。

しかしながらフレイム曰く身体が変化しているような感覚らしく、嫌な感覚ではないとの事。

それを聞いた俺は今日も正常に動ける程度に魔力をギリギリまで使い果たしてスキルの行使を終えた後、フレイムに低レベルの魔術を扱うように指示を出す。

「で、でも私……蝋燭の火くらいしか出せないですよ？」

「良いから、一度窓を開けて空に向かって炎属性の低級魔術【火球】を放ってみて？」

「わ、分かりました。そこまでご主人様が仰るのであればきっと何かがあるのでしょう。ですが、蝋燭の火程度の【火球】でも私の事は嫌いにならないでくださいね？」

「大丈夫。たとえ蝋燭ほどの火でさえ扱う事ができなかったとしても僕はフレイムを嫌いになったりしない。むしろ大好きなままだと言い切れる」

「わ、分かりました……っ」

そして俺の言葉にフレイムは覚悟が決まったのか窓を開け空へ向けて炎属性の低級魔術【火球】を行使する。

すると日が沈み始め辺りは夜を迎えようとしている薄暗い周囲がフレイムの放った特大【火球】によって明るく照らされるではないか。

辺りを照らし続けるそれは、まるで小さな太陽のようであった。

その光景を見て、やはり俺の仮説は間違っていなかったと心の底からホッとする。

「フ、フレイムッ！　フレイムッフレイムッ！　やったじゃないかっ‼」

「あわわわわわわっ⁉　ご、ご主人様っ‼　わ、わわ、私っ！　今の【火球】、私がっ⁉」

俺もまさかここまで大きな【火球】を行使できるようになるとは思ってもいなかったのでびっくりしたのだが、それ以上にフレイム本人は特に驚いており、最終的にはしゃがんで大泣きし始めるではないか。

フレイムの歩んできた今までの人生から考えると泣いてしまうのは分かるので、俺は彼女が落ち着くまでまだまだ小さな身体で、しばらくしゃがんだまま泣いているフレイムを優しく抱きしめ、そしてフレイムが泣き止むまで頭を撫でてあやし続けていると、彼女も徐々に落ち着いて来たようである。

「あ、ありがとうございます。ご主人様。ご、ごめんなさい。す、少し取り乱してしまいました」

　少しではないだろう、とは思うもののモテる男というのはここでそんな事を言ったりなんかしないので口元まで出かかったその言葉を俺は寸前で飲み込む。なんてったって俺はモテる男だからな。

「大丈夫。気にしていないよ。でもちゃんと、それも普通よりもかなり高威力の【火球】を行使できたみたいで良かったじゃないか。謝る事なんてなに一つないどころかむしろ喜ばしい事だからもっと喜ぼうよっ！　そうだっ！　この事をみんなに話して明日は盛大にお祝いをしようっ‼」

　そして翌日、俺はスキル【回復】がレベルアップしたことによりフレイムの魔臓が完治した事、そしてフレイムは魔術を行使できるようになった事、その事からフレイムの魔臓は先天的に異常があったと思われ、フレイム自身の魔力量が少なかった訳ではなかった事、むしろとんでもない魔力を保有している事を両親に伝え、そしてフレイムの魔臓が完治して魔術を問題なく行使できるようになったお祝いをしようと提案してみると、両親は我が事のように喜び、お母様はフレイムを抱きしめながら二人して「良かった」と連呼し出すし、フレイムはフレイムで昨日あんなに泣いたというのにまた堰を切ったように泣き出し、それをまた両親があやすというループができ上がっていた。

その結果、当然今日の夜はフレイムの魔臓完治のお祝いをする事が決まって使用人たちはその準備で朝から大忙しである。

それは俺もフレイムも同じであり、今俺は空を飛ぶフレイムに抱き抱えられながらお父様が治めている領地の中心街へと今夜の食材の買い出しに向かっていた。

そして俺もいつかフレイムの手を借りずに空を飛べる魔術か何かを習得しようと強く思う。

「着きましたよご主人様っ！　ここはいつ来ても賑やかですねっ‼」

「それは僕のお父様が治めている領地だからねっ‼　本当に、自慢のお父様ですっ！」

そんなこんなで目的の街に着いたとはいえ、流石ドラゴノイド。

空を飛ぶスピードも鳥などとは比較にならない程速く、馬車で三時間はかかる片道をあっという間に移動して目的の街に着いていた。

移動スピードもそうなのだが陸路と違って直線で目的地まで移動できるというのがやはり大きいのだろう。

「フレイムちゃんこんにちは。今日は野菜を買う予定はあるかい？　サービスするよっ」

「フレイムちゃん、今日は大好きなご主人様と一緒かい？　こりゃめでテェーや。めでテェーついでに肉を買ってくれたらサービスするからね」

「フレイムちゃんがこの時間に来るなんて珍しいわね、って領主様のご令息じゃないの。という事は、この子がフレイムちゃんのご主人様か。うん、確かに優しそうなご主人様だね」

　そして、この街で買い出しするために商店街へと繰り出してみれば、皆フレイムを見るやいなや親しげに話しかけて来るではないか。

　おそらく食材の買い出しなどのメイドの仕事で良くここを訪れているからというのもあるのだろうが、フレイムの人柄というのも当然あるだろうし、フレイムはこの街の一員として認められているという事なのだろう。

　その事を裏付けるかのように既にフレイムの周りには子供たちが集まっており、俺を抱えて飛んできたことを見ていたのだろう、自分たちも抱えて飛んでとせがまれている。

「ど、どうしましょうご主人様？」

「流石に他人様の子供に危ない真似はさせられないしな……」

　そしてフレイムは俺に助けを求めて来るのだが、自分の身内ならばいざ知らず流石に他所の子供に対して問題が起きたときに責任が取れないような事はしたくないし、させたくない。

　また、もし何かあった場合自分にその責任を負わされるのならば分かるが、この場合は間違いなくお父様が責任を負う事になるのだ。

　流石にこれでは『はい分かった』と子供たちを抱えて飛ぶ事は許容できない。

　その事を子供たちにも分かりやすく説明するのだが、そこは子供である。

　危ないから駄目だと言って引き下がってくれるような聞き分けの良い子供を見つけ出す方が難しい。

　なんなら危ないから駄目だと言われる程やりたがるのが子供である。

　更に俺を抱えて飛んできている所を目撃されている以上、子供たちを説得するのは至難の業、というか正に無理ゲーなのでは？　と一向に納得してくれない子供たちを前に辟易(へきえき)してくる。

「ちょっと貴方(あなた)っ‼　さっきから聞いていれば何様なのかしらっ‼　聞けばこの領地を治める領主の息子だと言うではありませんかっ‼　領主の息子であるのならば民の言葉に耳を傾けないでどうしますのっ⁉」

　それもまだ子供たちだけであるのならば『子供の言う事だから』と最終的に、適当にそれっぽい理由を作って半ば強引にあしらえば良いだけなのだが、ここの隣の領地を治めている領主の娘という女の子がいるせいで余計に面倒くさい事になっていた。

因みにその女の子はそこそこ知恵が回るのか他の子供たちと比べてまだ理屈が通っているような言葉で反論して来るのだが、その表情には『私にもこの大空を体験させなさいっ‼　貴方が『うん』と言うまで意地でも引いてあげるものですかっ‼』という感情が出てしまっている。

その為貴族の娘、しかも隣の領地を治める貴族の娘とあってはここで変に断ったせいで親にあることない事吹き込まれてしまい間接的にお父様に迷惑をかけてしまうのでは？と思うと適当な理由であしらって良いものか？　どうにか彼女を納得させる良い案はないものかと考えてしまう。

せっかくのフレイムのお祝いなのだ。できれば今日一日何の問題も無く終わりたい。

そして俺は良い案が浮かんだのでそれを早速使う事にする。

「そうは言ってもフレイムは僕の奴隷で、そして何かあっては責任が取れないから奴隷契約で僕の身内しか抱えて飛ぶ事をできないようにお父様がお決めになったんだ。だからいくらお願いされても無理なものは無理なんだ。ごめんなさいっ！」

これぞ『奴隷契約で決められているから仕方ないよね。本当は僕も君たちの願いをかなえてあげたいんだけどなぁー。いやぁごめんごめん』作戦である。

「…………なるほど、確かに一理ありますわねっ‼　それに、いくら子供とはいえ貴族の殿方が頭を下げたんですもの。ここで引き下がるのが大人のレディーとしての嗜(たしな)みというものですわ」

お前も子供だろうがとツッコみたくなるのだが、今よりも面倒臭くなる未来しか見えなかったので口から出かけた言葉をグッと我慢する。

「良いでしょう。今回は貴方の謝罪に免じて引き下がって差し上げますわっ‼」

そして彼女は金髪ドリルの髪の毛をぎゅるんぎゅるんと回しながら（回しているように見える）扇子をバサッと広げて口元を隠すと、まるで勝ち誇ったようにそんな事を言うではないか。

ぶっちゃけ大人になるとそのドリルさえ目を瞑(つぶ)ればかなり美人になると思えるような整った容姿をしているのだが、こうも高圧的な態度を取られると『付き合う程度なら良いが結婚はちょっと』と、この世界の俺はまだ六歳だというのについついそんな事を思ってしまう。

「しかしながら先ほど貴方が言った言葉、次会ったときに『あれは冗談です』などと言うようならば、分かっておりますわよね……？」

「お、男に二言は無いから安心して大丈夫だよっ‼」

おそらくは俺と同い歳くらいだというのに、彼女の鋭い眼光に睨まれて思わず俺が恐怖心からすごい勢いで肯定し首を縦に振ると、彼女はそんな俺を見て満足したのか扇子を閉じて目尻も垂れる。

ちなみに頭に二本あるドリルは嬉しそうにギュルンギュルンと回転している（ように見える）。

「アンナ、先ほどの会話を録音できているかしら？」

「はいぃ～。それはもうバッチリ録音できてますよぉ～、フランお嬢様ぁ～」

「流石わたくしの側仕えメイドですわねっ‼　では、わたくしはこれで失礼させていただきますわっ‼」

そしてフランと側仕えのメイドと呼ばれていた少女は待機させていた馬車に乗り込むと俺たちの前からいなくなるのであった。

「あ、嵐のような奴だった……っ」

「お人形さんみたいですっごく綺麗でしたねっ‼」

「しかしあれでは少々性格がキツすぎじゃないかな？」

「そうですか？　子供はあの位の方が子供らしくて可愛いと私は思いますよ？　むしろご主人様は逆に大人び過ぎてます。遠慮なく私に甘えても良いんですよ？」

「…………善処するよ」

できる事ならば毎日甘えたい――とは言えるはずもなく、どっちつかずな返事で言葉を濁す。

そしてなんだかんだハプニングはありつつも無事フレイムとの買い出しを終わらせて帰宅しフレイムのお祝いを盛大に開催できたのだが、やはりというかなんというかこの時のフレイムは泣き虫で、昼間は俺に甘えてほしいと言っておきながら逆にフレイムが俺に感謝の言葉を言いながら甘えてきたのであった。

◆

フレイムの完治祝いから一ヶ月が経った。

この一ヶ月で変わった事といえば新たにお母様を師としてフレイムが魔術を本格的に覚え始めたという事である。

因みにお母様の指導はかなり分かりやすく、壁にぶち当たった時は答えこそ教えてはくれないものの自力で答えを導き出せるようにヒントを要所要所でくれるので楽しいとのこと。

それはさておきフレイムはお母様から見ても凄いと感じるほどの才能の持ち主という事で、お母様の言う通りフレイムはこの一ヶ月でメキメキと強くなってきており、そろそろフレイムを冒険者登録させても良い頃合いだろうと思い始める。

なんせ、俺が奴隷を購入した理由の一つが、俺は田舎にでもひきこもって自給自足しながらたまに奴隷に稼いでもらったお金で毎日を過ごす為だからというのも大きい。

そんな事を思いながら夢である田舎でのスローライフを妄想していると珍しく昼間であるというのにお父様が帰宅してきたではないか。

それも客人までいた。その客人とは俺に会いに来たと言うのだが、心当たりがなさ過ぎて一体誰であるのか見当もつかない。

そして俺はお父様に連れられて客間へと入って行く。

「おっ、遅いですわっ！　レディーを待たせるなんてまだまだのようですわねっ‼」

その客間に俺が入った瞬間聞き覚えのある声が聞こえて来る。

一体なぜフランがここにいるのか、そもそもフランが俺に会いにくる理由が全くもって見当もつかないのだから余計に意味が分からない。

「何そんな所で突っ立って呆けているのかしら？　こんな美しいレディーがいるのですから…………ふむ、成程ですわ。そういう事ですのねっ‼」

何が成程なのか、フランは俺が呆けている事に納得したようである。できればこのままお帰りいただければ尚嬉しい。

「それならそうと『あの時一目惚れした女性が目の前に現れて呆けてしまっている』と、その思いの丈を口にすればよろしいのに。ですがわたくしは、なかなか口に出して言えないという殿方のお気持ちを察する事ができる大人なレディーなんですもの。言って欲しいからとついせがんでしまうお子様とは違うのですわ」

うーん、全くもって一ミリたりとも掠ってすらいないんだが。

むしろ何故そこまで自意識過剰になれるのか分からないと初めは思ったのだが、俺が前世で彼女くらいの年齢の頃を思い返してみれば『正義のヒーローになるんだっ‼』と本気で思っていたので似たようなものだろう。

そう思えば子供らしくあの頃の俺がヒーローに憧れていたように、彼女もまた大人の女性に憧れを抱く年頃なのだろう。

そう思えば多少失礼な言動もなんだか可愛く思えてきた。

だからと言って恋愛対象になるかどうかはまた別問題であり、流石に子供すぎるので無理がある。

あくまでも子供を愛でる感情という意味なので、俺がそういう趣味であるなどという勘違いだけはやめていただきたい限りだ。

「その通りです。フラン様は初めて出会った時も思ったんですけれども、とても美しいですね。まるで美の女神が僕の目の前に現れてしまったかと思いましたよっ‼」

なのでここは前世と合わせると三十をとうに超えている俺が、可愛いお姫様の要望に応えてあげるとしよう。

前世で姪の遊んでいた時を思い出して少しだけ懐かしく思ってしまう。

「まっ！　なっ！　そっ！　そうですわっ‼　わたくしは貴方の言う通り女神のように美しいのですわ………」

そして細工無しの歯が浮きまくる弩直球火の玉ストレートを全力でぶん投げてみると、最初はまさか俺が本当にフランにそのような事を言うとは思っていなかったのか金魚のようにパクパクと口を動かした後、返事をしないといけないという事は理解したのか普段の口調で話し始めるのだが、徐々に顔が真っ赤になっていき、最後の方は勢いが無くなってしまっていた。

「は、恥ずかしいですわっ。だってこんな事言われたのは初めてなんですもの」

そして彼女は俺に聞こえていないと思っているのだろうが、小声でヒソヒソと呟くもバッチリ俺は聞こえている。所詮はまだ六歳、ダダ漏れである。

うん、可愛いな（からかいがいがあるな）と思わず思ってしまう。

「それでは二人で庭でも散策してみてはどうだね？　外はいい天気だし、今は丁度様々な花々も咲いているだろうからきっとフラン君も喜ぶんじゃないかな？」

　さて、これからどうやってフランを可愛がって、子供特有の可愛らしい反応を見てみようかと思っているとお父様から俺とフラン、二人で外へ出て散策でもしてはどうかと提案してくれるではないか。

　流石お父様。これで俺は客間にいるよりもさらにフランを愛でる事ができるというものである。

　やっぱり初めて訪れた人の家の部屋というのは、それがたとえ客間であったとしてもどうしても緊張して身体（からだ）が強張（こわば）ってしまうものである。

　それよりは外に出て開放的な環境の方がよりフランも子供らしさを見せてくれるはずだ。

「はいっ！　分かりましたっ‼」

　そして俺はそんな最高の提案をしてくれたお父様へ『ナイスアシスト』と視線を送る。

　本当、よくできた父親である。

　しかしながら俺がここまで子供好きだったとは。前世で子供に携わる仕事に就いていたのならばもしかしたら、あんな死に方はしなかったのでは？　と、そんなたらればを思ってしまう。

家族や知人には悪いことをしたと未だに後悔しているので今世では今の家族や周囲の人たちをそんな気持ちにだけはさせてなるものかと今一度俺は強く思う。

「それじゃあフラン、一緒に外へ行きませんか？　先ほどお父様も言っておりましたが今の時期は庭の花々が咲いておりまして、きっとフランにも喜んでもらえると思います」

「は、はい。わ、わたくしを案内してくださいましっ！」

そして俺は、いきなり呼び捨てはどうなのか？　とは思うものの相手は大人ではなくて子供なのでむしろ呼び捨ての方が一気にフランと仲良くなれるだろうとあえて呼び捨てで、片膝をつき手を差し伸べる形でフランを誘うと、フランはただでさえ赤くなった顔をさらに真っ赤にさせながら俺の手を取ってくれるではないか。

必死に取り繕おうとするも顔が真っ赤になっていたり、二本のドリル（髪型）がギュルギュルと回転してしまっている（ように見える）その姿は、まるで興味ないふりをしているのに尻尾はブンブンと振っている犬を見ているような可愛らしさがあった。

「ご主人様とフラン様はお似合いですねぇ、旦那様」

「今までも息子の将来はどんな傑物になるのかと楽しくもあった分怖くもあったのだが、私は息子の将来が別の意味で怖くなってきたよ。将来夜道で刺されるような人にならなければ良いのだが」

なんか後ろの方でお父様とフレイムが俺の事で会話していたような気がするのだがきっと気のせいだろう。

そんな事よりも今は目の前のフランである。

何故今日フランが我がウェストガフ家を訪れているのかは分からないのだが、そんな些細な問題を考察する時間があるのならばフランを可愛がる時間に使いたいし、俺は一日中フランを可愛がり、懐いてくれる所まで持って行きたいのである。

特に、この年齢の子供に一度でも苦手意識を植え付けてしまうと一生懐かれる事は無いだろう。

なので俺にとっては本日の優先事項である『フランに懐かれる大作戦』を実行する為に、何故今日フランがウェストガフ家に来ているのかとか、後ろでお父様とフレイムが何を話しているのかなど瑣末な問題でしかないのである。

「さぁ、フラン。一緒に我がウェストガフ家の庭へ行きましょう。今日は僕がフランの為にウェストガフ家の庭を、そして庭に咲く花々を案内してあげるからねっ」

俺がそう言いながら、先ほど差し出した手を取ってくれたフランへできるだけ少女漫画に出てきそうなものをイメージして微笑んでやると、フランは少しモジモジした後肯定の返事をくれる。

「は、はい……っ。は、早く案内してくださいましっ！　…………ああ、やっぱりカッコイイですわっ。わたくしの王子様はここにいらしたのねっ。お父様に一生に一度のお願いと言って我儘を言ってみた甲斐がありますわっ」

その時何故かフランの顔が真っ赤になっていたのだが、きっと庭に咲く花々を早く見たくて興奮しているのだろう。いつの時代も幼い女児の持つ大人の女性への憧れと綺麗な物への好奇心は、玩具コーナーやお菓子コーナーで発揮される物欲と同じようなものであろう。

その為後半フランが小声で何か言っていたのだが、どうせこれから行くお花畑に妄想が膨らんでいるのであろうから注意して聞く意味も無いだろうと聞き流す。

その証拠にドリル髪型も不規則にギュルギュルと回転しているのだが、妄想しているからこそ回転に意識が回らず不規則になってしまっているのだろう。

本当、分かりやすいドリル髪型であるので非常に助かる。

「それじゃぁ、行きましょうか。フラン」

「え、ええっ！　そうね。それじゃあ行きましょう」

――父親（エドワード）side――


「お久しぶりですね、ウェストガフ公爵。私の娘が一秒でも早くあなたの息子さんに会わせろと聞かなくてね、先に一人行かせてしまった事をまず謝罪します」

ウェストガフ家のメイドに連れられて夫婦二人が客間へと入ってくる。

この男性はウェストガフ家のある領地の東に隣接する領地を治めているクヴィスト家の当主である、ダニエル・クヴィストであり、フランの父親その人である。

「いえ、それについては先に早馬まで出していただいたみたいでフフンお嬢さんが来る前にちゃんと把握していましたからな。そちらの落ち度は何もありませんよ」

「ありがとうございます。しかしながらあのフランが我儘を言うのはかなり珍しく、しかもそれが今回のような事を望んでいたとは。いやはや女の子は成長が早いとは言いますけど、少しばかり早すぎる気もします。もう少しだけ長く親元にいてほしいと思うのは親のエゴだとは思っているのですけれども、どうにもあの二人の様子ですと学園の高等部を卒業と同時に私の元から飛び去ってしまいそうですね」

そう言うとダニエルは嬉(うれ)しさと寂しさが入り混じった器用な笑い方をするではないか。

しかしながらそれを言うならあのローレンスもいつかは我がウェストガフ家を出ていかなければならない身であるため、同じ父親としてダニエルの抱いている感情が良く分かる。

「その件に関してはお互い様ですよ。ウチのローレンスも優秀すぎるが故に早くに独立して私の元から飛び去って行きそうなくらいですからね」

お互い、そう思える位には目の前の庭で二人手を繋いで楽しそうに歩くその姿はお似合いの二人に見える。

「あらあらまあ。この調子だとフランちゃんが私の義理の娘になるのかしら？　今の時点であんな可愛らしい彼女なら大人になるともっと美人で愛らしい魅力的な女性になる事でしょうね。そう、リーシャ様のように私、今からとっても楽しみだわっ」

「あら、ペニー様ったら。お世辞だとしても嬉しいですわ。でも、確かに親ばかな発言かもしれませんがフランはわたくしが見ても将来とても美しくなる事だけは間違いないと思っておりますの。そしてペニー様のご子息であるローレンス様もフランに負けずとも劣らない程整った容姿になると思いますわ。なんせ、あのフランを一撃で射止めてみせたんですもの」

そしてそんな二人を女性陣がお互いにお世辞を言いながら「あらあら」「まあまあ」と楽しげに会話しているのが聞こえてくるのだが、その内容は父親サイドとは少し違い、息子や娘が離れていく事の寂しさ等ではなくただ純粋に子供たち二人を見て楽しんでいるようである。

おそらくきっととうの昔に自分の子が巣立つ時の覚悟はできていたのであろう。

母は強しとよく言うが本当にそうだな、と男性陣二人はそう思うのであった。

◆

おかしい。

フランを愛でながら三時間程家の庭を散策して帰ってくると俺の両親とフランの両親が揃って俺たちを出迎えてくれていた。

ここまでは良いのだが、そのあと俺の母親に「ローレンスは、フランちゃんの事をどう思っているのかしら？」と言われたので「とても可愛らしくて素敵な女性だと思いますっ！」と返事をしただけである。

その後フランも似たような質問をされ「わたくしはこの方が良いですわっ‼」と返すと、何故か俺とフランの婚約が決まったのだ。

もし、今回フランが我が家に来た理由がお見合いであると予め知っていたら俺はあそこまでフランを可愛がることも無く、近所に住む子供程度の接し方でとどめていた筈である。

「お、お父様っ‼」

「なんだい？　ローレンス」

「僕は今日フランとお見合いをするだなんて一言も聞いておりませんっ！」

流石にフラン本人がいる前で『フランとの婚約を無効にして欲しい』などとは言える訳もなく、俺はお父様へ今回のお見合いは無効であると遠回しに訴える事にする。

「ローレンスは、フラン嬢と婚約をするのは嫌なのかい？」

だというのにお父様は俺がせっかく遠回しに伝えたにもかかわらずフランの目の前で今回の婚約は嫌なのかと聞いて来るではないか。

嵌められた。

お父様は間違いなく俺の気持ちを察しており、だからこそ断れないようなズルイ言い方で聞き返してきているのだと、そう思った瞬間には全てが手遅れであった。

ほんま、汚い大人やでっ！

と、前世の某動画投稿者の祭りくじ動画の発言のような言葉を頭の中で吐いたところで現状が好転する訳も無く、むしろ俺が黙ってしまっているせいでフランの表情がみるみる内に今にも泣きそうなものへと変わって行くではないか。

「そ、そんな事はないですよっ！　僕はフランが良いと思いますっ‼」

「そうか、ならフラン嬢とローレンスは両想いだなっ」

そして俺がフランの今にも泣きそうな顔に耐えきれずに婚約者はフランが良いと告げるとお父様は俺とフランが両想いなどとほざきながら笑うではないか。

そんなお父様にジト目で訴えるも全く効いていないようである。

しかしながらたとえ今フランが俺に対して恋愛感情を抱いているのだとしてもそれはおままごとの延長線上だろう。

きっと大人になるにつれて、ちゃんと好きになった男性ができるだろうしそれまでの期間だけの婚約者ごっこだと思えば良いだろうと、この時の俺はフランの一途さを軽く見ていたのであった。

◆

そしてお見合いは無事成立してフランは上機嫌で馬車に乗っていたのだが、その道中で今回の優先事項が『ドラゴノイドの使用人を貸して頂き空を飛んでもらう為にローレンスと婚約する』から『ローレンスと婚約して、可能であればドラゴノイドの使用人を貸して頂き空を飛んでもらう』と変化してしまい、結果ローレンスと婚約できた嬉しさで『ドラゴノイドの使用人を貸して頂き空を飛んでもらう』事を約束し忘れたと気付いたフランは父親に「今すぐ戻ってくださいましっ‼」と、理由を説明して引き返すように言うのだが、父親から「次に彼に会う口実に使うってのはどうだい？」と言われて我がお父様は天才なのでは？　と思いながら早速それをネタにローレンスの家へ行く為の手紙の文面を考え始めるのであった。

閑話――フレイムの悩み――

私はローレンス・ウェストガフに拾われていなければ間違いなく死んでいただろう。

そもそも魔臓を前の所有者によって実験材料として抜かれてしまっていたのでいくら傷口を回復系のスキルで治療していたとしても魔臓自体は再生しないので、後は緩やかに死んでいくだけである。

そして私を拾ってくださったローレンス様も、私に利用価値が無い事くらい分かっていたであろう。

にもかかわらず、ローレンス様は私を購入したあと自身のスキル【回復】を信じて毎日魔力が尽きるまでそのスキルを行使し続けてくれたのである。

この話を聞いた時、私はローレンス様へ一生かけてこのご恩を返していくのだと自分自身に誓いを立てる。

誓いを立てるのだが私はそこで悩んでしまう。

いったいどのようにこのご恩を返して行けば良いのだろうか？　と。

ローレンス様は貴族の生まれであり金銭的な物を送ったところであまり意味がない気がする。

ならば私の身体（からだ）でご奉仕とも思ったのだがローレンス様はまだそのような年齢でもなければ、そもそも私はローレンス様の奴隷であるので、そういう事にローレンス様が興味をお持ちになった時にそう命令すればいいだけなのである。

いったい、私にできるローレンス様への恩返しはあるのだろうか？　と、私は悩むのであった。

◆

フランと婚約した日から一週間が経った。

婚約してしまった事をどうこう悩んでも仕方がないので意識を切り替える事にする。

どうせ今更覆す事もできないのならばそれに対して時間を割くのは勿体無いと言うものである。

そして、次に俺が考えている事なのだがフレイムの冒険者登録である。

ついにこの時が来たかと俺は感無量で、ここまで育ってくれたフレイムを一日中労ってやりたい程だ。

「こちらが、ウェストガフ様が仰っていたドラゴノイドの奴隷ですか……」

「左様。我が息子が丹精込めて育て上げた一級品でもある。おそらくその強さは間違いなくここウェストガフの冒険者ギルドの中で一番強い者と同等、またはそれ以上の実力がある事は私が保証しよう」

そして今俺とお父様、そして本日の主役であるフレイムは前日手紙で訪れる事を伝えていた冒険者ギルドの応接室まで通され、手紙に書いていた事を再度お父様が口頭で説明していた。

ちなみにお父様がギルドマスターに宛てた手紙には、今日は俺の奴隷の冒険者登録をしに行く事、そしてその冒険者登録をするフレイムという女性奴隷は強さ的には間違いなくウェストガフ一であり帝国の中でもトップクラスの実力者であること、それらを考慮してある程度上の冒険者ランクから登録してほしいことが丁寧に説明されていた。

その為お父様がフレイムの実力について話してもギルドマスターは驚きはしないものの、代わりに値踏みするかのようにフレイムを見ているのが分かる。

「ふむ、確かに彼女の種族はドラゴノイドと優秀な種族ではあるものの、だからと言ってそれだけではやっていけないのがこの世界であるが……よし、良いだろう。いくら悩んだところで彼女の実力を見ない事には始まらない」

そしてギルドマスターは、いくら頭の中で考えてもフレイムの実力を見ない事には何も決められないと判断したようで、冒険者ギルドの裏にある闘技場へと移動する。

「ちょっとギルドマスター、急に呼び出して一体何なんっすか？　俺こう見えても一週間かかった討伐依頼がやっと終わったばっかっすから普通にこのまま帰りたいんすけど？」

するとそこには、ギルドマスターが部下を使って呼び寄せていた一人の冒険者であろう男性が既におり、その男性が言うには長期の依頼から帰ったばかりだというではないか。

え？　そんな人をわざわざ呼び寄せるとか普通にブラック企業臭かして前世のトラウマが掘り起こされるんですけど？

「報酬は弾む」

「ピンク街の高級店一泊コース」

「…………仕方ない。それで良いだろう」

「うひょーっ‼　さすがギルドマスターっすねっ‼　いやぁー言ってみるもんっすわっ！」

そう思ったのだが、気のせいだろう。コイツはあれだ。本業は手を抜いて副業で稼ぐタイプの奴だ。

「さて、俺の相手は誰だっ⁉　まさかこのクソガキじゃないっすよねっ⁉　って、痛っ⁉」

「そのお方はここウェストガフを治める領主様のご子息様だぞっ‼　お前が今日模擬戦をしてもらうのはそちらのドラゴノイドのメイド、フレイムだ馬鹿野郎っ‼　それに相手が誰であれ礼儀は欠かすなといつも言っておろうがっ‼」

クソガキと言われた事に少しばかり腹は立ったものの、本人からは悪気などは一切感じられない上にギルドマスターにこっ酷く怒られているので良しとしよう。

恐らくギルドマスターが怒っているのはコイツを助ける為でもあるだろうし、何だかんだでギルドマスターが助けるくらいには見込みがあり、悪い奴でもないのだろう。

だからこそギルドマスターは貴族の代わりに叱り、貴族自ら手を下すという最悪の事態を防ぐために『私が代わりにキツく叱るので、なにとぞここは穏便に』というアピールの為に俺たちに見えるように怒鳴り叱ったのである。

貴族であるお父様や俺にはその意味は通じており、ある種の社交辞令と分かっているのでギルドマスターが俺たちの前で怒ってくれた時点でこの件は終わりなのだが、いつも笑顔のフレイムから表情が消えているのが気になる。

しかしながらこの冒険者も何だかんだで自分がある程度強いという事を自負しているのであろう。

だからこそ、誰が相手でも横柄な態度を取れるし、最悪何かあればその腕っぷしで払い除ければ良いと考えているのであろう。

まさに強者故の思考回路とも言える。

「それじゃ、さっさとやって終わろうぜ。因みに初めて冒険者登録をするらしいが手加減してもらえると思ったら大間違いだからな？」

そして件の男性は闘技場の中央へ軽い足取りで歩いていく。

その様子からは、これから行う模擬戦には全く緊張すらしていないようで、やり慣れている感じが伝わってくる。

初心者にもかかわらず自分の実力を過大評価してしまっている身の程知らずが、初めから高ランクで登録しろと喚く連中も多いのであろうし、そして間違いなく俺たちもその有象無象と同じように、実力も経験も無いくせに貴族という権力を行使して、高ランクで登録しろと無理を言ってきたとでも思われているのだろう。

　確かに今回に関しては貴族の権力を使って高ランクからフレイムを冒険者登録させようとしているのは間違っていないのだが、ただフレイムの実力に関してはまごう事なき一級品である事を俺は知っている。

　武術に関してはセバスが、そして魔術に関してはお母様が教えて育て上げ、もう教えられる事は何もないと言われるレベルまで育っている俺の自慢の奴隷なのである。

「ご主人様……」

「どうしたフレイム？　緊張してきたか？」

「いえ、緊張はしておりません。ただ、ヤッてきても良いでしょうか？」

「なんだ、そんな事か。むしろ胸を借りるつもりで模擬戦を楽しんでくればいい」

　なんか、フレイムと俺とで地味に会話が噛み合ってないような気がするのだがきっと気のせいであろう。恐らく、フレイムだって緊張しているはずだ。

　だが、それでも俺のフレイムなら難なくやってくれると俺は信頼している。

　そしてフレイムは俺の返事を聞くと「任せてください」と力強く返して闘技場の真ん中

へと進んでいく。

「はっ、よく逃げずに来たな。しかし、いくら貴族といえどもあのクソガキがご主人様だとお前も大変そうだな」

「二回……」

「あ？　何がだ？」

「私の愛しい愛しいご主人様の事を『クソガキ』と言った回数です」

「なんだそんな事か」

「…………………そ、そんな事……ですって……。絶対に潰しますっ」

「ん？　何か言ったか？」

「いえ、何も……」

「ふーん、あっそう。でも奴隷だと言いたい事もそうやってぼそぼそとご主人様に聞こえない程度の声でしか喋れない内容もあるし、何なら俺が君を奴隷から解放してあげようか？　その代わり俺の冒険者クランに入ってもらう形になるけど、君さえよければどうかな？」

「…………お断りします」

「成程、その最初の沈黙が本当の答えって訳ね。オーケーオーケー。それじゃ、今は恐らく命令されて全力で戦わないといけないみたいだけど全て俺に任せてくれ。絶対に君を助け出してあげるよ」

耳に魔力を集中させて闘技場の中央へ行った二人の会話を盗み聞きしているのだが、流石(さすが)にこれはルール違反であろう。

その事を、怒鳴ってしまいそうになるのを必死に堪(こら)えながらギルドマスターに報告する。

「申し訳ない。俺も二人の会話は聞いていたのだが流石にあの内容は弁解のしようが無い。こちらとしても一度目ならばまだしも流石に二度目となればこれ以上はアイツを庇(かば)いきれない。また、彼女の冒険者登録に関して今回の模擬戦の結果にかかわらずランクEから登録をさせていただきます……後はウェストガフ様のご判断にお任せしますのでギルドへの報復などに関しては寛大なご処置をお考えいただければと」

そして流石のギルドマスターも庇いきれないらしく、アイツの首を差し出すので許してほしいとお父様に提案する。

「そうだな、どうするかはローレンスに決めてもらおう。それで良いか？　ローレンス」

「はいっ！　お父様っ‼」

そんな会話をしていた時、試合開始の甲高い笛の音が鳴り響く。

まず仕掛けたのはフレイムで、相手の元へと一直線に駆けて行くのが見える。

そして、障害物も何もない場所を駆けて来るフレイムを格好の的であると思った相手はフレイム目掛けて遠距離魔術を行使しようとしたのだろうが、その時にはフレイムは翼を使って低空飛行をしていたらしく相手の懐まで一気に距離を詰めており、そのままの勢いで相手の鳩尾に打撃を加えている姿が見える。

そのフレイムの姿を見て俺は『普段のフレイムと違って荒々しいな』とは思うのだが、恐らく緊張から荒くなってしまっているのだろう。

俺の期待に応えたいという想いから来た緊張感だと思うと、なんだか緊張しているフレイムがより一層可愛らしく見えてくるではないか。

この模擬戦が終わったら勝とうが負けようがめいっぱい労ってあげようと思う。

しかしながら、あのスピードから繰り出されるフレイムの攻撃がもろに相手にヒットしたように見えたのだが、彼は大丈夫なのだろうか？　と心配になって来る。

「はは、これは凄いや。まさかこの俺、ジョン・ベクターに一撃を与えるとはねっ！」

そして土煙が収まると、自身をジョン・ベクターと名乗る男性があのフレイムの一撃を喰らってなお立ちあがる姿を見て俺はホッと胸を撫でおろす。

万が一フレイムが人を殺したとなれば、いくら常識に欠ける自意識過剰な男性が相手であったとしても不敬な言動にさえ目を瞑れば、それ以外は罪を犯していない一般市民である事は間違いないのだから、そんな事にならなくて本当に良かったと思ってしまう。

「まさか咄嗟に張ったとはいえこの俺の五枚ある防御壁全て突破してここまでダメージを与えるとは流石っすわっ‼　むしろ俺じゃなきゃ死んでいただろうなっ！」

そしてジョンはそう偉そうに喋るのだが、彼の足は生まれたての小鹿のようにプルプルと震えており、恐らく立っている事がやっとの状態であり、今彼が立っているのは単なるやせ我慢である事が見て分かる。

「ちっ、しぶとい害虫ですね……」

んん？　なんかフレイムの口からジョンを指して『害虫』という言葉が聞こえた気がしたのだが、きっと気のせいだろう。俺のフレイムがそんな言葉を使う訳がない。

きっと『害虫』と『頑丈』を聞き間違えただけであろう。

そして、フレイムは自身の攻撃を受けて立ち上がって来るジョンを確認すると背中に生えている美しい翼を広げて大空へと一気に舞い上がる。

因みにドラゴノイドが空を飛べる理由は体内の魔力をその大きな翼へと供給し、魔力をもって空を飛ぶ仕組みである為、フレイムは魔臓が治るまでは空も飛べなかったと教えてくれた。そんなフレイムが今大空を自由に飛んでいる姿を見るだけで感無量である。

「おいっ！　空を飛ぶとか卑怯だぞっ‼　降りてこいっ‼　俺の魔術が届かないだろう

っ‼」

そして空を飛ぶフレイムへジョンが魔術が届かないから降りてこいと叫んでいるのでギルドマスターに空を飛ぶのは反則か聞いてみると反則ではないとの事。

「ただ単にジョンの力量不足なだけであり、それを棚に上げて自分の得意なフィールドで戦えと我儘(わがまま)を叫んでいるだけだ。ったく、どれだけギルドの面を汚せば気が済むのか……」

そう怒気を孕(はら)んだ口調で教えてくれるギルドマスターなのだがそのスキンヘッドには『ビキビキ』と血管が無数に浮きあがってきており、脳出血しないか心配になってくる程である。

そして周囲の空気中に含まれているマナが急激に薄まってきている為何が起こっているのかと、その原因であろうフレイムの方へギルドマスターのスキンヘッドから目線を移すと、丁度ドラゴノイドだけが扱える専用魔術【竜の息吹(ドラゴンブレス)】を行使しようとしており、フレイムの顔を覆うように赤く染まった空気中のマナがドラゴンの顔を形作っているのが見える。

あ、これマジでヤバい奴だ。

そう思った俺がお父様とギルドマスターを防御壁で囲うと次の瞬間、周囲は炎に包まれ何も見えなくなる。

「ロ、ローレンス様っ‼　な、何が起こっているんだっ⁉」

「すいませんっ！　フレイムが手加減せずに魔術を行使したみたいですっ！　奴隷の不始末は主人である僕の責任ですので、もしこれで何かしらの被害が出た場合はウェストガフ家まで請求をお願いします。あとお父様、今回の件でもし損失が出た場合はいずれ僕が必ず返しますので、一旦お金を貸して頂けないでしょうか？」

流石にこの威力だと周囲へ何らかの損害を与えている事は間違いないだろう。

最悪人が死んでいる可能性だってある。

しかしながら起こってしまった事は仕方ないのでその後のケアをどうするか考えるべきであると思った俺はギルドマスターに謝罪を入れ、お父様へ頭を下げる。

「……いえ、びっくりはしましたが今回の件は明らかにいい加減な態度で礼節を欠いたジョン・ベクターが奴隷であるフレイムさんの主であるローレンス様を侮辱した結果フレイムさんの逆鱗に触れたのが原因でありギルド側の不手際です。むしろローレンス様ではなく私が先に謝罪するべきでした。それと、あのバカがたとえ死んでいようとそれは自業自得です」

「我が息子よ。何馬鹿な事を言っているんだ？　成人して親元を離れるまでは親の庇護下にある。その為ローレンスの保護者かつ監督責任者は私であり、もし今回の件で損失が出た場合私の判断が甘かったのが原因だ。それに、ローレンスは何でもかんでも一人でやろうとして、そして一人でできてしまう。それは誇らしいと思うのと同時に親としては少し寂しいと感じてしまう。たまには親を頼って欲しいものだ」

ほんと、俺の周りには良い人ばかりで困ったものである。

「は、はいっ！　ありがとうございますっ‼」

そして俺は炎が収まった瞬間、魔力で空気を掴み、ジェット噴射の要領で一気にジョンがいた場所へと駆けだして行く。

今すべき事は今回の件のその後の対応よりも先にフレイムを人殺しにしない事であるとお父様に気付かされた気分である。

そしてジョンは肺や身体の表面は焼け爛れていたのだが何とか命だけは助かっていたようで、普通であればそれでもどれだけ持つかという重態であるのだが俺のレベルが上がったスキル【回復】により何とか髪の毛以外は綺麗に回復する事ができたのであった。

◆

「それではフレイムさんは冒険者ランクEから登録という事にさせていただきます。あの戦闘力であればAランクからでも問題はないとは思いますが、他の冒険者の立場や、戦闘力以外の面でも必要な知識などもあり、国の定めた法律により飛び級での冒険者登録はEランクからという事になっておりますのでご理解ご了承の程何卒(なにとぞ)よろしくお願いいたします」

あの模擬戦の後、俺はギルドマスターに連れられて別室にてフレイムの冒険者登録を行っており、冒険者のルールやEランク以上からスタートできない理由などをギルドマスターの女性秘書から話を聞いているところである。

ちなみに冒険者ランクは上からSSSのトリプルSランクが最上級であり、今現在帝国では個人のSSSランクが一名、冒険者クランでは三グループ存在している。

そして一番下のランクは冒険者仮免許であり、冒険者ですらない。

流れとしてはまず初めに戦闘力のテストを行い仮免許へ。仮免許中は講習や筆記試験などを行い、合格した者がGランクから始める事ができるのである。

そのためフレイムは仮免許期間も含めると、仮免許、Gランク、Fランクと三ランクも飛び級で登録した事になる。

そして飛び級で冒険者登録した事によって周囲からのやっかみやイジメに近い嫌がらせ

等をされる場合が多く、その為にそれらを払い除けられるだけの実力があるかどうかを見極める為の模擬戦でもあったという事である。

「では、これが契約書ですので一度読んでいただき、問題がない場合はここへフレイムさんのサインと魔力印をお願いします」

そして女性秘書はある程度説明を終えたのか書類一式を出してきて読み終えると内容に納得できた場合はフレイムにサインをさせるように説明してくる。

ちなみに書類の内容はギルドの禁止事項であり——冒険者同士の喧嘩は御法度であり、正式な審判と救護できる者がいる決闘は可、ただしこの決闘で冒険者生命を絶たれるような怪我や最悪死亡したとしても自己責任でありギルドは一切関与しない——などが書かれていた。

血気盛んな者たちを纏めるために致し方ないと思えるようなルール以外は別段気になるようなルールは無いのでそのまま読み進めていき、そしてフレイムにサインするようにペンを渡す。

ちなみにその間フレイムにも読んでもらっており了承済みである。

流石に冒険者登録をする本人であるフレイムが読まないというのは無いだろう。

そしてフレイムはサインと魔力印を押して晴れてEランク冒険者となった。

これで、俺の将来スローライフ計画に一歩近づいたと思うとなんか、ここから始まるんだという感慨深いものを感じる。

そして後日、フレイムには言い難いのだが稼いできてもらったお給金の中から気持ち程度頂きたいという事をどう切り出そうかと、自分自身の良心の呵責と戦っていたその時、初めての依頼をこなして帰って来たフレイムが冒険者ギルドから頂いたお給金を全て俺に渡そうとするではないか。

流石に全ては受け取る事はできないと言うとフレイムは「それではご主人様から頂いたご恩を死ぬまでに返しきれる自信がありませんっ！　なので全額受け取ってください！」と何故か逆切れに近い雰囲気で言われるのだが何とかフレイムを説得する事ができ、フレイムが稼いできた金額の二割をこれから頂くという事で落ち着いた。

本来は五割を提示していたのだが全額希望のフレイムと押し問答の末五割ではなく二割にできたあたり俺は頑張ったと思う。

流石に汗水たらして働いてくれたフレイムから二割を毟り取るのは良心の呵責で潰れそうになるので、本来俺が提示した五パーセントを抜き取った後残った金額は将来何かあった時の為にフレイム専用の貯金として別途貯めて行く事にする。

因みにこの事をフレイムに言うとまた押し問答の話し合いが始まる未来が容易に想像で

きる為、この件についてはフレイムには内緒にしてある。

しかしながらフレイムは意外と意固地な部分もあるんだなと、彼女の新しい一面を見られた事に関しては嬉しくもあるのであった。

閑話――フレイムはできる奴隷――

今日、私はご主人様や旦那様と一緒に冒険者登録をする為に冒険者ギルドへと訪れていた。

もともと私が冒険者になりたいという希望をセバス様や奥様へ相談していたのだが、その私の想いが通じたのか、それとも私を回復させセバス様と奥様によって実力をつけさせたら冒険者をさせるつもりだったのかは分からないのだが、どちらにせよ私はご主人様の許可をちゃんと得た上で冒険者になれるのである。

その事が嬉しくて、冒険者登録をするという話を聞いた時は興奮して夜も眠れなかったくらいだ。

だって、これでやっと私は『自分でお金を稼ぐ事ができる』という訳であり、それは言い変えると私が稼いできた金銭をご主人様へ渡す事によって今までの恩を少しだけでも返す事ができるのである。

　そう私は意気込んでいたのだけれども、ご主人様は私が稼いだお金のほとんどは私のものであり、ご主人様はそのうち僅かばかりを受け取れれば十分と言うではないか。

　そして、更にご主人様は私が稼いだお金は私が自由に使ってかまわないと言うので『でしたら私が稼いだお金は全てご主人様へと渡して行きます』と、お給金の使い道をご主人様へ提示する。

　しかし、ご主人様はそれもダメだと言うので、私の好きなように使っても良いと言ったではないかと、その旨を言ってみても『俺にお金を渡すのは禁止』と新たにルールを設けてくるではないか。

　それでも私が食い下がった事が功を奏したのか私の稼いできた金銭から最大二割までご主人様へ渡す事ができるという内容で収まった。

　そこで私は気付く。

　これはご主人様が予めそうなるように私を誘導したのではなかろうか？　と。

　そして、ご主人様ほどの智謀の持ち主であれば私など、手のひらで転がす事は息をするように簡単であった事だろう。

　それならそうと初めから言ってくれれば良かったものを……とは思うのだけれどもそれ

は流石にご主人様に頼り過ぎであると言えよう。

そもそもご主人様は今思い返せばヒントと思えるような事を言っていたような気がするので、ご主人様が提示する前に行動へ移す事ができる者が所謂（いわゆる）『できる奴隷』というものではなかろうか？

そうこれはご主人様が私の成長の為（ため）に敢（あ）えて回りくどいような事をしているのだと、私は気付く事ができた。

その事に気付けただけでもかなりの収穫であると言えるのではなかろうか？

そして、気付けたのならば精進あるのみである。と、私はやる気に満ち溢（あふ）れていたのであった。

二章・僕っ、契約しますっ‼


　フレイムが冒険者登録して少しした頃、フレイムを購入した奴隷商から俺宛へ一通の手紙が送られてきているとお父様から受けとった。

　手紙の封は切っておらず内容についてはお父様もまだ知らないらしい。

　とりあえず、何だかんだ言っても俺はまだ六歳である為お父様にも手紙の内容を確認してもらうべく残ってもらう。

　友達との手紙ならばいざ知らず、今回のような手紙は保護者である者と一緒に確認するべきであろう。

　因みにあれからフランとは手紙を何通か交わしており、来月には会う約束をしていたりする。

　そして奴隷商からの手紙を取り出して読み始める。

　そこに書かれた事を要約すると『新しく入った奴隷を買い取って欲しい。その為に取り置きをしている。詳しい内容は手紙に書けるようなものではないので店で説明する』と丁寧な文で書かれていた。

「ど、どうしましょう、お父様？」

「そうだな、ローレンスさえよければ行ってみるのも良いだろう。お金のことは気にするな」

そしてやはりお父様には俺の考えはお見通しだったようで、金銭面は気にするなと頭を撫でてくれる。

そして奴隷商へ一週間後に向かう旨を書いた手紙を送り返すのであった。

◆

そして一週間後、俺はお父様と一緒に奴隷商へと訪れていた。

「お待ちしておりました、ローレンス様、そしてウェストガフ公爵」

「お手紙、ありがとうございました。それで、今回僕の為に取り置きしてくれた奴隷はどのような奴隷なのでしょうか？　手紙では書けない内容の奴隷というのもなかなか聞かないものですのでまずは奴隷についてお話しいただきたいのですが」

流石に到着して早々奴隷の話というのもアレなのだが、今回のような特殊なケースは仕方ないだろう。少々マナー違反なのかもしれないのだが今回ばかりは大目に見てほしい。

「ええ、それでは奴隷の話をさせていただきます……と言いたい所ですが、ここでは何ですからさらに奥にある部屋にてご説明をさせていただいてもよろしいでしょうか？」

「それは別に構いませんが、えらく慎重ですね。今回の奴隷はそんなに聞かれたらヤバいものなのですか？」

「それはもう、ヤバいどころではありませんよ。もしも誰かに聞かれて外に漏れてしまった日には私は殺されてしまうでしょう」

そう奴隷商が話すのを聞いて俺はもう既に帰りたくなっていたのと同時に、この奴隷商が今回の奴隷を俺に売りたい理由が分かった気がした。

バレたら死ぬような奴隷など誰も手元に置きたくないので早く手放してしまおうという魂胆なのだろう。

その旨を奴隷商に聞いてみると「確かにそれもありますが、それ以上に彼女には幸せになってもらいたいのです。以前引き取ってもらったフレイムのその後は私も知っていますので、ローレンス様ならばもしかしたらという気持ちの方が大きいですね」と言うではないか。

ちなみに前回の模擬戦を見ていた者たちやこの奴隷商など俺のスキルか何かしらの能力の異常性に勘付いてしまいそうな立ち位置にいる人物にはたとえ勘づいても他言無用の契約を予め結んでいる。

そして奴隷商の話す内容からして、既に俺の持つ能力の異常性に気づいていると思って良いだろう。

おそらく今回の奴隷も何かしら身体に異常があるのは間違いない。

そんな事を考えながら俺とお父様は奥の部屋へと案内される。

「奴隷の事ですが単刀直入に説明いたします。今回の奴隷は隣国でございますカルドニア王国の第一王妃でございます」

「…………………………はい？」

ちょっと奴隷商の言っている意味が分からない。きっと聞き間違いであろう。そうに違いない。でなければこの場合奴隷を購入した俺どころかお父様やお兄様の首まで飛びかねないではないか。

ここ最近はお兄様もお父様の手伝いを少しずつ増やして行き、さらにウェストガフ家を継ぐ為に寝る間も惜しんで勉強をし始めているのである。

流石に家の為、領民の未来の為にと頑張っているお兄様の努力を無駄にしたくないし、そもそも家族の未来を奪うような事はしたくない。

そんな恐ろしい爆弾を信用第一で運営しているこの奴隷商がするわけがないと、俺はそう信じている。

だからきっと聞き間違いである。いや、聞き間違いであってくれ。

「明確には元王妃でございますね。詳しく話せば長くなってしまいますが……」

「ぜひ聞かせてくださいっ！」

俺が怪訝な表情をしていると奴隷商の支配人であるオークスは王妃の上に『元』をつけるではないか。

王妃と元王妃では全く違うじゃねぇかっ‼　とツッコみそうになるのを俺はグッと堪える。

もしこれが現役の王妃たっての希望という名の命令であった場合、危うく俺は家族の未来と引き換えに隣国の王妃と不倫のようなものをしろという上からの権力に屈しなければならないのかとかなり冷や汗をかいてしまう。

しかしながら『元』という事から何かしら別の意味で『爆弾』を抱えている不良物件の可能性が高くなってきたのも事実である。

安直に考えるとしたら高慢で散財癖があり自分の思い通りに物事が進まなければヒステ

リックに喚(わめ)き、使用人たちをストレスのハケ口にしては辞めさせる、というような人物像が浮かんできてしまう。

そもそも婚姻関係の破棄、特に今回のように王妃の座を降ろされるというのは家同士の繋(つな)がりもある為メンツを気にする貴族や王族ではよっぽどの事がない限りあり得ないはずであり、そしてその元王妃はよっぽどの事があったという事である上に、それだけではなくその元王妃は奴隷商へ奴隷として売り飛ばされている訳である。

何もない訳がないではないか。

そんな人物を何も聞かずに「はいそうですか、分かりました」と引き取るわけにも行かないのでどんなに話が長くなろうとも俺は聞かなければならないとオークスへ元王妃が婚姻関係を破棄、離婚され奴隷商へと売り飛ばされた経緯を聞くことにする。

「かしこまりました。実は今回の元王妃がこんな経緯になった原因は彼女にはなく、むしろ国王陛下とその愛人に嵌(は)められた結果でございます」

そして滔々(とうとう)と語り始めるオークスなのだが元王妃の事を語る彼のその態度から元王妃の事をかなり慕っている事が窺(うかが)えてくると同時に、そういえばオークスは王国出身であった事を思い出す。

そんなオークスが話す王国元王妃が離婚され奴隷商へ売り飛ばされる経緯は、その元王妃は王国公爵家の生まれなのだが、幼い頃より見えないものが見えると言っては周囲に不気味がられていたらしい。

　更に元王妃が不気味がられた理由に、病気になる人間を予見でき、その確率はほぼ百パーセントであったそうで、そのため元王妃は裏で死神やら不幸を撒き散らす女と陰口を言われ、彼女に触れられた者は必ず不幸が訪れるとも言われていたそうである。

　そんな元王妃なのだが容姿は傾国の美女と呼ばれる程に美しかった為、幼少期まだ彼女の能力が周囲に広まっていない頃に現国王陛下が一目惚れしてしまい、家柄も公爵家と申し分ないということで婚約した。しかし日々過ごしていくにつれて婚約者の異常性に周囲が気づき始めると共に現国王も婚約者に対して畏怖するようになり、最終的に婚姻するその日まで会うことも無くなってしまった。

　そしてその間に現国王は第二夫人候補の婚約者にのめり込んで行ってしまい、そちらとも婚姻してからはその第二夫人が第一夫人を指して『こんな気味の悪い化け物なんか奴隷商人に売って欲しい』と現国王にお願いして売られるのだが、この時第二夫人は熱した油を第一夫人の頬めがけてぶっかけてしまったらしい。

　その理由を第二夫人が言うには『腐っても一度は王国の王妃にまでなった女性だから素性がバレないようにぶっかけた』とのことだが、周囲の人間には前々から『第一夫人の美貌が妬ましい。いつかあの美貌をめちゃくちゃにしてやる』と口癖のように言っていたため計画的犯行であったのだろうというのが裏で囁かれており、噂話として耳に入ってくるので、これに関してはまず嫉妬心から第一夫人の顔に油をかけた事で間違いないとの事。

そしてそんな第一夫人に現国王は「これで中身だけではなく外面まで化け物になったじゃないか」と言って第一夫人を奴隷商に売り飛ばしたというのが、今回のざっくりとした流れだそうだ。

なんというか……エグすぎて笑えないんですけど。

ちなみに現国王は不幸になりたくないからという理由で第一夫人と婚姻してからも一度も触っておらず彼女は今年で三十歳になるにもかかわらず処女のままだそうで、その事もまた裏で馬鹿にされていたらしい。

「…………分かりました、ではその元王妃に会わせてもらえないでしょうか？」

そして俺はオークスへと件の元王妃に会わせて欲しいと伝えてみる。

「それは構わないのですが、先ほど申しました通り王妃様は顔に熱した油をかけられており、とても人様に見せられるような容姿ではございません。できれば、顔が見えないようにかけているレースはそのままで素顔は見ないようにしていただけるとありがたいのですが……」

「わかりました。それで構いませんので案内してもらえませんか？」

しかし、俺が元王妃を見せてほしいと言うとオークスの表情は曇り、できれば顔だけは見ないでほしいとお願いしてくるではないか。

それ程までに元王妃の顔は見るに堪えないものになっているのか、それとも元王妃が見られたくないと思っているのか、はたまたその両方なのか。

レースで隠していると言うくらいなのだから、もしかしたら火傷の跡が綺麗に治らず膿んで来ているのかもしれない。

貴族であり買う側の俺へ不利益になるような言動（この場合は俺に、元王妃を見てみたいという要求を断られたと思われかねない行動）を取るのは相手を不快に思わせてしまう可能性があるにもかかわらず、それを見越した上で『見られた方が引かれてしまう』と思えるレベルで容貌が崩れてしまっているのかもしれない。

「こちらでございます」

そして、オークスに案内された部屋へと入ると、すえた臭いが俺の鼻腔を刺激してくる。

これは間違いなく元王妃の顔は膿んでいるという事が見なくても分かってしまうレベルである。

そして、俺たちがこの部屋に入って来た事に気づいたのか元王妃はベッドに横になっていた所をなんとか上半身だけ起こして、俺たちがいる方向とは少しだけズレた方角へ軽く頭を下げる。

「御免なさいね。火傷のせいで目が見えなくなってしまったものですからもしかしたらおかしな方向へ頭を下げてしまっているかもしれません。あと、既にそちらにいるオークスさんから聞いていらっしゃるかもしれませんが顔は火傷で爛れて膿もあり悪臭を放っておりますし、年齢もそんなに若くありません。むしろ世間では娘がいて孫がそろそろできてもおかしくない年齢でございます」

そして元王妃は自ら顔にかかっている少し黄ばんでいるレースを持ち上げ、顔が見えるようにする。

「マリアンヌ姫様っ⁉」

「かまいません。むしろこれを見せずに購入するかどうか判断させてしまうのは不義理と言うものです」

「で、ですがっ！」

「オークスさん、私は既に奴隷の身です。ならばそれに見合った行動を取るべきでしょう」

そのマリアンヌと呼ばれた元王妃の行動をオークスは阻止しようとするのだがマリアン

ヌの意志は固いらしく、その顔を晒し続ける。

そしてマリアンヌの顔なのだが、やはり予想していた通り膿んでおり、その膿を吸っていた為にレースは黄ばみ、部屋は独特の異臭が充満していたのだと分かる。

「元王妃という肩書き、若くない年齢、そしてこの顔に視力もございません。そんな私なので購入した場合は間違いなく介護という手間が発生するでしょうし、夜の方もこの顔では役に立てそうにありません。それにローレンス様はまだ六歳と聞きますので性を持て余す年齢になると私もその分同じく歳を取ってしまいます。それでも本当によろしいのでしょうか?」

「ですが元王妃様はエルフの血を四分の一受け継いでいる人間とエルフのクォーターであると聞きます」

「よくその事をご存じで」

「これでも僕は一応公爵家の端くれですので隣国の貴族の事も少しは勉強しております」

「そうですか……確かに私の祖父はエルフですがエルフやハーフエルフのように何十年もその若い見た目を維持できるものではございません。普通のヒューマンよりは歳を取るのは緩やかですが流石にクォーターともなると何十年も若さを保つ事はできません。良くて五十代から六十代くらいで老いが出始めて来るでしょう」

そう説明するマリアンヌなのだが今年三十歳になるという事なので後二、三十年は老いないという事なのだろう。

むしろ全然許容範囲内すぎてなぜそこまでデメリットのように語るのかは分からないのだが、もしかしたら母親や祖母よりも早く老いるという事がコンプレックスになっているのかもしれない。

「それに、こんな見た目では老いなど最早あまり関係ないでしょうし……」

そして自身を下げ始めるマリアンヌを見て居た堪れなくなってくる。

当然そんな姿を見せられては助けてやりたいと思うのだが、今の俺が感情で助け始めたら直ぐに破産してしまうのでグッと堪えて彼女の利点を探す事にする。

オークスからは事前にこの元王妃であるマリアンヌのスキルは水属性魔術全般の威力が上がる（とこの世界では思われている）【液体使い】である事を聞いているのだが、そのスキルとは別にマリアンヌが現国王との婚姻関係を続けられなくなった最大の原因があるはずである。

「マリアンヌさんは僕に隠し事をしているのではないでしょうか？　そう、例えば表ではシングルスキルという事になっておりますが、実はダブルスキルであると僕は推察しております。よければマリアンヌさん自身の口から教えてもらえないでしょうか？」

そして俺は真剣な声音で彼女に問う。できればあなたの言葉で教えてほしいと。

マリアンヌさんは俺の問いに一瞬驚いたような表情をした後、覚悟を決めたのか誤魔化せないと悟ったのかはわからないのだが、隠していたスキルについて話しはじめる。

「あなた……本当に六歳なのかしら？　いえ、この際どうでも良いわね。そして、今まで一つだけ隠し事をしていた事を謝罪します。私はあなたの言う通りもう一つスキルを持っているのです。それはスキル【微生物鑑定】というものでございます。人が病に罹る時、その前に決まって私にしか見えない何かにその人の身体が侵されており、さらにその侵されている細菌やウイルスによって病気の内容を知る事ができるところまではわかっていますが、所詮はそれまでのスキルであり、病に罹る事がわかっていたとしても、その病を治す事も発症を止める事もできない悪魔のようなスキルでございます。ですから今の私の置かれている状況も納得できますもの。だって、こんなスキル自分ですらも気持ちが悪いと思ってしまうのですから」

「味噌、醤油、日本酒にみりんっ！　あと納豆っ！　マリアンヌさんっ！　オークスさんっ！　僕っ、契約しますっ!!　いえ、契約させてくださいっ!!　今すぐにっ!!　さぁっ!!」

マリアンヌのスキルを聞いた瞬間、俺は日本人としてのソウルがメイトしてバーニングからの何やかんやで食い気味に彼女が欲しいと声高に宣言していた。

そもそも、この世界に来て六年である。それは言い換えると六年間も日本食を味わえていないという事でもあるのだ。

ここ最近日本食の事を考えると禁断症状に苦しむ為心の奥底へと押しやって思い出さないように封印していた程なのだが、彼女のスキルがあれば万事解決ではないか。

しかも、彼女のスキルの有用性を示せれば、お父様に各種調味料や日本酒の製造施設を作るためのお金を前借りする口実にもできる訳である。

今までは作り方を知ってはいてもその工程が流石に子供一人ではとてもできないようなものが多く、できて納豆かチーズくらいのものである。

ちなみに米や麦は普通に売っているのだが、そもそも納豆に合う調味料、醤油が無いにもかかわらず納豆だけ作っても仕方がないと断念していた。

それら全てがこのマリアンヌを奴隷にできれば解決するのである。

買わないという選択肢はその時点で俺の中には綺麗さっぱり消え去っていた。

「あの、オークスさん？　聞こえていましたでしょうか？　僕は彼女を購入したいのですが」

しかしながら、あれほどはっきりとマリアンヌが欲しいと言ったにもかかわらず、オークスからの返事がないのでちゃんと聞こえているのか声をかけてみる。

「はっ、す、すみませんっ！　購入ですね。かしこまりました。すぐに奴隷契約の準備をさせていただきますので少々お待ちください」

そして声をかけられたオークスは、俺が買うという事を再度声をかけられた事により理解したのか即座に奴隷契約の準備に取り掛かるのだが、その表情はどこか嬉しそうでもある。

「本当に、私なんかを購入して大丈夫なのでしょうか？　単なる同情というのであれば絶対に将来後悔しますので今回の話はなかったことに――」

「マリアンヌさんと契約をしない？　馬鹿な事を言わないでください。あなたは僕にとってどんな宝石よりも貴重で、そして価値がある存在だから購入するのです。同情なんかではございません」

「ですが何故あなたがそこまで私を求めているのか、その理由が私自身分からないのです。私を慰めるための嘘であるのならば――」

「嘘ではありませんっ！　何故分からないんですかっ⁉　僕は今まであなたのような人を求めていたと言っても過言ではございませんっ‼　この僕の言葉を信じられないと言うのであれば、黙って買われてくださいっ‼　そうすれば必ず僕のこの言葉が真実であったと証明してみせましょうっ‼　…………あ、すみません。ちょっと感情的になってしまっていました。すこし落ち着きます」

俺は元王妃相手に早口かつ大声で喋っていた事に気付き、恥ずかしいやら情けないやら申し訳ないやらで、オークスが奴隷契約の準備を完了させるまで気まずさから黙ってしまう。

しかし、マリアンヌがどれだけ自分下げしようとも俺は彼女を買わないという選択肢は無い。むしろ何が何でも買い取るつもりである。

そして奴隷契約の準備が完了した事をオークスが教えてくれると、マリアンヌは再度俺へ『本当に同情の類ではないのか？　買って後悔はしないか？』としつこく聞いて来るので『大丈夫だ。問題ない』と返して奴隷契約をさっさと済ませてしまう。

いくらマリアンヌがネガティブ思考のバーゲンセール中であろうとも奴隷にさえしてしまえばこっちのものだ。

そして俺に新しい奴隷が一人増えるのであった。

閑話――フレイムの出した答え――

私のご主人様であるローレンス様はこれからどうしていきたいのか？

ご主人様は頭が良いのできっと私では到底思いつかないような事を考えてらっしゃるのであろう。

そう思える判断材料はいくつもあるのだが、その最たるものが私の稼いだお金を二割しか受け取ってくれないという事が大きい。

普通は全額自分の懐に入れるのが奴隷の主であり奴隷への扱いだからだ。

そう、奴隷が稼いできたお金を二割しか受け取らないというのは普通ではないのである。

そして普通ではないという事は普通の事しか考えられない凡人である私では想像もつかないような事をご主人様がその頭の中で思い描いているという事の、なによりの証明であろう。

しかしながら、私ごとき凡人がいくら頭を使って考えたところでご主人様が考える事が分かる訳もないので私は素直に聞く事にした。

本当は、ご主人様が命令する前に全てを察して、先に動く事が『できる奴隷』であると思っているのだが、それはあくまで理想であり今現在の私はどうなのかと言われると、まだまだであると言えよう。

それもそのはずで私はまだご主人様の事を知らなすぎるのでこれから少しずつご主人様

の事を知って行くしかないだろう。

むしろここで変にやる気を出してご主人様の考えているものとは全く違う、最悪邪魔するような内容にはならないように気を付ける事を最優先に行動するべきだ。

できる奴隷など一晩でなれるものではないので私ができる範囲で無理せずやって行けば良い訳で、そしてまず私がやるべき事は冒険者業でできるだけ多く稼いでくる事であり、今はそれを精一杯やって行けば良いだろう。

◆

「お父様、お兄様、相談したい事があります」

マリアンヌを奴隷として購入した翌日、俺はお父様とお兄様に相談したい事があると二人が揃(そろ)っている朝食時にそう切り出す。

むしろ相談というよりはお願い事というか、単刀直入に言えば金の無心ともいうのだが、開口一番金を貸して欲しいと言うのは悪手であるのでとりあえず『相談したい事がある』という体(てい)で話しかける。

「どうした？　ローレンス。言ってみなさい」

「お父様だけではなく俺にもかい？　珍しいじゃないか」

普段自分の事は自分で対処してしまう俺が改まって相談事があると頭を下げて来るのが珍しかったのか『俺が相談したい内容』が気になるというのがその二人の表情からも窺える。

特にお兄様に至っては弟である俺に頼られる事が嬉しいのか、目を輝かせている程である。

「昨日購入したマリアンヌの件で、彼女のスキルを使ってここウェストガフに新たな特産品を作りたいと思っているのですが、それらを製造する施設を建築する許可を頂きたいのです」

そう俺が説明するとお父様もお兄様も『何故マリアンヌのスキルで特産品が生まれるのか？』という表情をしていた。

確かに、事前にマリアンヌが何故気持ち悪がられていたのか知っているお父様からすれば訳がわからないであろうし、お兄様にしても生産系スキルでもないのに特産品を作ると弟が急に言い出したらそんな表情もするであろう。

しかしながらそれもこれもまだこの世界には細菌やウイルスといった概念が無いからであり、こればかりは仕方がない。

ある種、前世と違って魔術が発展してしまっている故の弊害でもあるのだろう。

二人が疑問を抱くのも当然である。予想通りと言っても過言ではないだろう。

「そうです。特産品でございます。それも酒と調味料の二つのジャンルで種類にしては酒を一種類、調味料を三種類から作って行こうと思っております。そして調味料という事はここウェストガフを食の部分でも観光地にさせることが可能でございますし、それを実現させるだけの自信が僕にはあります」

因みに既にチーズは存在するのだが、作り方は門外不出である為に他領のチーズ職人にしか作れない。それが今後このウェストガフ産のチーズを作る事もできるのである。

そこまで話した所でお父様とお兄様は「チーズも作れるようになるのかっ⁉」と声を揃えて食い気味に俺へ聞いてくる。

そもそもお父様もお兄様もそこまでチーズが好物という訳でもないので疑問なのだが、ここで深入りしたらややこしい事に巻き込まれそうなのでなんでそこまでチーズが作れることに食い気味なのかはあえて聞かないでおく。藪を突いて蛇を出す必要もないだろう。

「え、ええ、そうです。それも複数種類作れるようになるでしょう。もちろん他の領地にいる数少ないチーズ職人の生活を守るために作り方は我々も門外不出にしなければなりませんが」

「わかった、作ろう。いや、金ならば惜しまないから作ってくれないか？　勿論他の件についても支援しよう。その代わりと言ってはなんだがまずチーズから作ってはくれないか？」

「それは構いませんが――」

「ありがとう我が弟よっ‼　因みになぜチーズが必要かというと、とある貴族が事もあろうに我が領地にチーズ職人がいない事を馬鹿にしてきてつい売り言葉に買い言葉で『チーズくらい秘伝のレシピが残っているからいつでも作れる』と反論してしまって途方に暮れていたんだよ」

　お兄様は何でもこなせてしまうので自分でも作れると思ったのだろうが、一周回ってバカなのでは？　とつい思ってしまう。

　後、藪を突いてもいないのに蛇が出てきそうなのですが、気のせいでしょうか？　お兄様。

「しかしながらお兄様であればこうなる事も予想できたと思うのですが、何故そんな賭けみたいな事に乗ってしまったのですか」

「そ、それは……その相手が俺と想い人を取り合う関係だから……」

「…………はい？」

「いや、だからな？　異性として好きな令嬢が畜産業が盛んな領地の娘で丁度チーズの話題になったんだよ。そしてなんやかんやあって俺のライバルである男性が穀物の生産量が多い農業地帯の領地であるにもかかわらずチーズ作りに成功したと言い始めて……気がついたら売り言葉に買い言葉で『俺の領地でもチーズぐらいできらぁ！』と息巻いてしまいました」

そして弟に申し訳なさそうに語るお兄様。いったい兄としての威厳は何処に置いて来たのでしょうか？

どうせ『なんやかんや』と誤魔化した部分はその異性に『わたしを唸らせる事ができたチーズを作れた殿方と婚約をするつもりです』とか言われ、彼女を諦める事ができずに一か八か大勝負に出て作れると発言するしかないと判断したのだろう。

「話は分かりました。しかしフレッシュタイプのチーズならば話は別ですが、普通チーズを作るには発酵という工程が必要ですので明日明後日にはできるというものではないんです。更に、その発酵を促す菌を探すためにマリアンヌの治療を先に終わらせないといけません。マリアンヌの治療は昨日帰宅してから行っており、僕の魔力が尽きる手前までこれから毎晩行っていきますが、いつ完全に治るかは分かりかねます。その為チーズができ上がるまでに一年以上はかかってしまう可能性はありますがそれでも構いませんか？」

「それに関しては構わない。チーズを一から作ると言ったので流石に相手も時間がかかる事は知っているだろうし……」

「分かりました、では交渉成立ですね。ですが守ってもらいたい事が一つだけあるのですが」

そして俺とお兄様は固い握手を交わすのだが、その握手した互いの手を離す前にお兄様へ俺はたたみかける。

「なんだい？」

「今後この件に貴族のごたごたを持ち込まないと誓っていただけますか？　そして万が一貴族関係で面倒事に巻き込まれそうになった時は矢面に立って助けていただけますか？　約束していただけるのならば書類にサインをお願いします」

ハッキリ言って貴族間の事は貴族同士で解決してもらうのが一番である。

俺みたいな家督を継がない中途半端な貴族は特にそういった面倒事には巻き込まれたくないので、そこは家督を継ぐお兄様に守ってもらわないと後々何かあった時に対処しきれず、結果本家であるお兄様に頼らざるを得なくなる場合がある。

だったら初めから面倒事も全て込み込みで俺を守って下さいという訳だ。

貴族という生き物はメンツで生きている節はあるものの自分自身も危ないと思った時は

家族でも平気で足蹴にして池へと突き落とす生き物であるのだが、契約書へサインをしていたとなれば話は別である。

約束を破った場合、契約書を交わしていなければ所詮は口約束である為言った言わないで無為に争うはめになるのだが、契約書にサインしているにもかかわらずそれを反故にするという事は法律上でも罰金刑がある上に、さらに『コイツは契約書にサインをしたにもかかわらずそれを守らない奴である』というレッテルが貼られてしまい、特にこのレッテルが貴族にとっては致命傷と言えるのだ。

その為契約書にさえサインしてもらえれば、家を潰す覚悟がなければ約束を反故にする事もないのでとりあえずは一安心という事である。

これで俺に火の粉が飛んできた場合はお兄様に助けて貰うことが確約されたと言っても過言ではないだろう。

そして、この後はお父様とお兄様とそれぞれの施設を建てる場所や、作った調味料や酒、チーズなどで得た利益配分などについて詰めていくのであった。

◆

夜、俺はマリアンヌにあてがわれた部屋へとフレイムと一緒に治療の為にやってきていた。

因みにフレイムは桶(おけ)にお湯、身体(からだ)を拭くタオルと着替えを持ってきてくれているのだが、メイド服を着たフレイムが、両腕で桶を抱えている為に尻尾にタオルと着替えを入れた籠を引っ掛けて運んでいる光景はなんというか、ドラゴノイドがメイドさんをしてくれているのを強く感じて俺は今とっても幸せを噛(か)み締めている所である。

できる事ならばこの光景をデータに残してクラウドへ保存したい所である。

メイドラゴンなのかドラゴンメイドなのか、兎(と)に角(かく)日本男児ならばそのソウルに刻まれた本能と言う名のフェチズムで無条件に興奮してしまう俺の気持ちは分かってくれるだろうと、俺は信じている。

それにしても、昨日の一回で全てが治るとは思ってはみなかったものの、確かに酷(ひど)くなった箇所は無いのだが、逆に何一つとして良くなった箇所が無いのも不思議である。

恐らく俺のスキル【回復】のレベルは一しか上がっておらず現状二レベルであるのならば、一回で治らないのも仕方がないのかな？　とも思う。

もしかしたらある一定期間毎日スキル【回復】を行使し続ける必要があり、レベルが上がるごとにその日数が少なくなってくるというのがこのスキルの能力であるのではと俺は考察していた。

ゲームでは即能力が発動して数値として結果が見えるのだが、やはりゲームと現実とでは少なからず差異は出てくるという事なのだろう。

そんな事を考えながら俺はマリアンヌへとスキル【回復】を今日も行使し、それが終わると一度退室してフレイムにマリアンヌの身体を拭いてもらう。

マリアンヌの場合、特に顎から首、そして胸にわたって皮膚が変形して自然治癒し始めているせいで胸から上を動かそうとしても皮膚は引っ張られてしまい動かすことができず、基本的には寝たきりの彼女の為昼間は魔術書を持ってきて彼女の部屋で読書をするのが俺の日課になっていた。

そんな日々が一週間程続いた頃。

フレイムも何だかんだで目を覚ますのに半年近く時間がかかったのだが、フレイムの場合は魔臓だけに対してマリアンヌは顔から胸にかけての皮膚に両目と、広範囲かつ皮膚と両目の三つも治さなければならない箇所がある為レベルが上がったからと言ってフレイムよりも早く治り始めるとは限らないのだろうか？　などと思いながらいつものように俺の魔力が尽きるギリギリまでスキル【回復】を行使していたその時、マリアンヌの爛れて膿が出ている皮膚が淡い緑色に輝き始める。

「あ、温かい……」

そしてマリアンヌ自身も目は見えずとも自分の身体の変化に気付いたのか身体、特に火傷を負っている皮膚部分が熱を帯びていると言うではないか。

その淡い光は数分続いたかと思うと、光が消えた皮膚は触らずとも見ただけでゆで卵のようにつやつやですべすべでみずみずしい綺麗な状態に変化しているのが分かる程であり、マリアンヌは未だ目が見えない為に自らの手で少し前まで爛れ、膿んでいた箇所を恐る恐るといった感じで触って行っては綺麗に治った事を確認していく。

「ご、ご主人様……あの、その……私の顔が……治っている気がするのですが？」

「うん、僕の目にも触り心地がよさそうな綺麗な肌になっているのが見えるよ」

そしてマリアンヌが縋るような声音で俺へ聞いて来るのでちゃんと皮膚は治っている旨を伝えると「ご主人様、ありがとうございますっ……ありがとうございますっ」と、何度も何度も泣きながら俺へと抱きつき感謝の言葉を口にするので、俺は返事の代わりに彼女の頭を優しく撫でてあげていると、疲れたのかマリアンヌは俺に抱きついたまま眠ってしまったではないか。

マリアンヌは出会った当初こそ気丈に振る舞い、奴隷となった運命を受け入れていたような雰囲気を醸し出していたのだが、やはりというかただの強がりであり、自分のスキルは呪われているのだからこんな人生も仕方がないと自分に言い聞かせて、半ば自己暗示に近い方法で強引に納得しなければ自分を保つ事ができなかったのであろう。

泣き疲れて眠っているマリアンヌを眺めながら、フレイムの時と異なり一週間で成果が見られたという事は、このペースであれば両目も直ぐ治るだろうと考えた通り翌日にはマリアンヌの両目が完治する。

治ったのは夜だったが、彼女の目を刺激しないよう一本だけ点けた蝋燭の下で包帯を解くと、それでも十分過ぎるくらい見えると言うので一安心である。

そして早朝、カーテンを閉め切り朝日が入り込まないようにした部屋で包帯の代わりにアイマスクを付けた状態のマリアンヌが「ご主人様っ！　早くこのアイマスクを取って日の当たる外の世界を見とうございますっ」と急かしてくる。

「そうは言っても流石に目が治ったばかりで光に慣らさなければいけないから、外へ出るのは徐々に慣らしていってからにしよう」

「わ、わかりました……っ」

しかし視力が戻ったばかりのマリアンヌをいきなり外へ連れ出すのはせっかく治った目に悪い為徐々に慣らしていこうと言うと、マリアンヌは少しだけ残念そうに承諾してくれるものの、それでもやっぱり待ちきれないのかソワソワとしている事が見てわかる。

これで年齢が三十歳とは、言われないと気付けないな。

そう思えるくらいにはアイマスク越しの外見年齢は若々しく見える。

流石エルフとのクォーターだな。外見とこの反応からだと女子高生くらいにしか見えないわ。

そして俺はそんな事を思いながらカーテンを閉め切った薄暗い部屋でマリアンヌのアイマスクを優しくそっと外してあげる。

そこには、昨日は暗すぎてぼんやりとしか見えなかったマリアンヌの美しすぎる素顔が薄暗い部屋だというのに輝いて見えた。

流れるような銀色の長髪に長いまつ毛。口と鼻は小さく、クリクリとして大きい瞳が小さな顔に収まっており、その小さな顔とは対照的に大きな胸が存在を主張してくるではないか。

けしからん。実にけしからんっ！

隣国の国王が一目惚れしてその日に婚約を申し込んだ気持ちが分かるほどの、まさに傾国の美女という言葉に相応しい美人が俺の目の前にいた。

息を呑む美しさというのはきっとこういう事を言うのだろう。

「ご主人様……？」

そんな俺に少し不安になったのかコテンと首を傾げながらマリアンヌが話しかけてくる。

「あ、ごめんなさい。マリアンヌがあまりにも綺麗で見惚れていました。それで、目の方は大丈夫そうですか？　大丈夫そうならカーテンを開けてみようと思うのですが」

「あ、有難うございます、ご主人様。ご主人様の、将来異性からおもてになられるだろうと想像できる整った顔立ちが分かる位には、はっきりと見えております……まさか、本当に治してしまわれるなんて……」

　そう言いながらマリアンヌは昨日とは違い静かに泣き始めると、何度目か分からない感謝の言葉を口にする。

　そんな彼女を慰めながら、アイマスクを取ったマリアンヌを数分間ほど観察してみたのだが問題が無さそうなのでカーテンに手をかける。

「じゃあ、もう少し開けて行くね。眩し過ぎたり何か違和感があれば一度閉めるからその時は我慢せずちゃんと教えて欲しい。無理してせっかく治った目がまた悪くなったら二度手間だからね」

「わ、わかりましたっ！」

　そして、何か違和感があった場合は痩せ我慢などせず直ぐに伝えて欲しいと言うと、マリアンヌは了承してくれ『ふんすっ』と意気込みもバッチリである。

これならば安心だろうと、俺は手をかけたカーテンをゆっくりと開き始める。

そして、十数分かけて徐々にカーテンを開いていき、ついに全てのカーテンを全開にする。

それまでにマリアンヌから目の異常は告げられていないので大丈夫だと判断して外出の許可を出す。

そして俺の『今日は庭までなら外出しても良い』という言葉を耳にした瞬間、マリアンヌはまるで子供のように顔がぱっとほころぶと庭へと裸足（はだし）のまますっ飛んで行った。

その姿を見つけた使用人がマリアンヌを「せめて靴だけでも履いてくださいっ」と追いかけ、真っ赤な顔で素足をタオルで拭いてから靴へと履き替えている光景を眺めているとフレイムも余程心配していたのか『良かった』と言ってくれる。

うん、本当に良かった。

因（ちな）みにこの家に来てからマリアンヌは基本的にベッドの上にいたのだが、目が見えて外にも出られるという嬉（うれ）しさですっかりその事を忘れてしまっていたようである。

エルフとのクォーターの寿命は基本的に二百年から三百年と言われており、精神年齢も同じくらいのスピードで緩やかに成長していくのであれば、マリアンヌは今までずっと子供らしさを封印して大人びた振る舞いをして来た可能性もあると俺は考えている。

その為今外で駆け回っている元気な姿こそがマリアンヌ本来の姿なのかもしれない。

「僕たちもそろそろ外へ行こうか」

「そうですね、ご主人様」

マリアンヌは出自が出自の為家名を名乗ることは許されず、王国の元王妃とは別人として過ごさなければならないのだが、そのお陰で彼女本来の姿でこれから生きて行ければ良いなと俺は思うのであった。

閑話――フレイムは作戦会議を開く――

私に初めてマリアンヌという奴隷の後輩ができた。

その後輩は隣国の元王妃であったというのだから驚きである。

同じローレンス様の奴隷という立場は変わらない上に、私の方が先輩奴隷であるにもかかわらず、初めはその肩書きに気後れしてしまい、どうしても話をしたりするときに固くなってしまっていた。

しかしながら話をしていくうちにマリアンヌが奴隷落ちからローレンス様に拾われるまでの経緯を知り、『私と似たような境遇』だと思ってしまう。

なんならマリアンヌの方が私よりも更に酷い扱いを受けてきたとさえ思える境遇を知った私はマリアンヌに対して気後れするような事は無くなり、むしろ仲間意識がより一層強まったと言えよう。

そしてそんな私たちは作戦会議を開いていた。

「ご主人様が私たちにやって欲しい事……ですか？」

「ええ、そうです。ご主人様が私たちにやって欲しい事です。今回マリアンヌはご主人様の言う『発酵食品』の製造及び管理、販売を任されたわけですが、ご主人様はそこで得た利益をすべてローレンス様の懐へ納めるのではなく、私たち奴隷へと還元するという破格の対応を提示されました」

そう、ご主人様は私が冒険者稼業で稼いできた分だけではなく、マリアンヌが主導で運営していく発酵食品の事業で得た利益に関しても私たちへ分け与えると言うではないか。

普通であれば『ローレンス様はお優しいご主人様です』などと思い、そこで思考を停止してしまうのだろうが『できる奴隷』を目指している私はそこから更に思考を巡らせる。

「ええ、そうですね……。お恥ずかしい話なのですが私は今まで一貴族、そして嫁いでからは妃として過ごしてきましたので、奴隷というものは馬車などで移動している時にそれっぽい方たちを見たことはあるのですが実際に話したりしたことは無く、別世界に住む人たちという感覚でしたのであまり詳しくはないのですけれども……それでも確かにご主人様の対応は奴隷に対するソレではない事は分かります」

そして私の問いかけにマリアンヌも『ご主人様の奴隷への対応は普通ではない』と思っているようだ。

というか、奴隷どころかウェストガフ家の従業員として雇われている者たち以上に好待遇な気がするのだが気のせいだろうか……？

そう思えてしまう程には、好待遇過ぎるのである。

「ええ、そうです。そして、ここまで私たちの待遇を良くするのはご主人様の優しさというのも勿論あるのでしょうが、それとは別に何か考えがあっての事だと私は思っているのです」

ただ優しいだけであるのならばそもそも奴隷を集めようとはしない筈である。

奴隷を集めて、きっと何かやりたい事があるはずなのだ。

その事をマリアンヌに話すと、マリアンヌは目から鱗が落ちたような表情をした後に『確かに……言われてみればそうですね』と呟いているのが分かる。

そもそもご主人様はマリアンヌを奴隷にする前から『もっと奴隷を増やさなければ……』と呟いていたので、これからもっと奴隷が増えていく事は間違いないだろうし、奴隷を増やしていく事が重要であると窺えてくる。

「その事からもご主人様は私たち奴隷を使って何かをしたいのでしょう……。そしてやりたい事というのは奴隷が複数人必要であり、私たち二人ではまだ人数は足りないのかもしれません」

「流石です、フレイム先輩っ‼　そう言われてみればそんな気がしてきましたっ」

「ありがとうございます。しかし、私が推測できているのはここまでであり、肝心の『ご主人様が私たち奴隷を使ってやりたい事』が全くの不明なんですよね」

「……それも確かに……ご主人様が私たち奴隷を使ってやりたい事……そのためには複数人の奴隷が必要で、奴隷たちは好待遇にする必要がある……。考えれば考える程分からないですね……」

　そう言うとマリアンヌはああでもないこうでもないと考え始めた。

　その姿勢からでもマリアンヌがいかにご主人様の事が好きであるのかが伝わってきて、なんだか私もまるで自分の事のように嬉しくなってくる。

　そして私たちはご主人様が奴隷を使ってやりたい事について一緒に悩むのであった。

三章・遊びという名のデート

あれから二年の月日が経ち、俺も早八歳となった。

初めはどうなる事かと不安ではあった醤油、味噌、みりん、日本酒、ヨーグルトにチーズもマリアンヌのお陰で無事試作品第二号まで完成しており、あとは生産性の向上と販売できるレベルまで味の向上を目指して試作を繰り返していくだけである。

それ以外は特にこれと言って語るような事も無い日常を過ごしているくらいには平和である。

強いて言うとするならばお兄様の恋がライバルもろとも破れてしまい、一週間くらい鬱状態になっていた事くらいであろう。

しかしながら畜産系を主軸にしていない領地の後継者相手に『チーズを作って来い』と言うのは普通に考えれば遠回しにお断り案件だよなぁーと思っていたので、俺からすれば『やっぱりな』といった感じである。

お兄様、男というのはそうやって大人になっていくのだよ。

そんなお兄様に引き替え俺はというと、堕落しきっていた。

日々の武術と魔術の鍛錬こそ怠らないものの、それ以外は家でのんべんだらりと過ごすだけである。

これが家督を継ぐという肩書きが増えただけで月最低でも二回以上はお父様についていって今日はあそこのパーティーへ、次はどこそこのパーティーへと顔見せと婚約者探しの為に出席しなければならないのである。

考えただけでも胃が痛くなる案件だ。

そんなお兄様も既に十三歳。帝都にある帝立魔術学園へと去年の春から実家を離れて寮から通い始めている。

そのため平日は学業、休日はパーティーと実家に帰る暇も無く実に大変そうだ。

「ご主人様、風が気持ちいいですね」

「ご主人様ご主人様っ、早く庭に行きましょうっ‼　今日は『やきう』？　という遊びをしてみたいのですがっ！」

そして俺は今何をしているかというと、フレイムに後ろから抱き抱えられその大きなお胸様を堪能しながら大きめのソファーに座り、今日も元気いっぱいお転婆娘のマリアンヌを、孫を愛でる老人のスタンスで眺めている。

そろそろマリアンヌの相手をしてあげないといけないとは思うものの肩に感じるお胸様と、背中全体に感じる女性特有の柔らかさという超重力から抜け出せずにいる。

これぞまさにグラビティーバインド。禁止にもなる訳である。

これだよこれ、これこそが俺が求めている日常だと思うものの、所詮は俺が成人するまでという期間限定のスローライフである事は分かっている為、独り立ちする時の為に奴隷を増やさなければなぁ、とは思うものの思うだけで面倒臭い事は明日でも良いか、と先延ばしにする日々である。

そんな俺にも例外というものは当然あり、それは嵐も嵐、台風と言っても良いレベルで、奴は両家公認という関係を利用してアポも無しに突然やって来る。

「こんな所にいたのねローレンスッ!! 今日はどんな遊び、ではなくてデートをしてくださるのかしらっ!?」

あれから婚約者であるフランもスクスクと健康的に育っており、マリアンヌの良い遊び相手となってくれている。

ちなみに頭に装着している二本のドリルもスクスクと成長している。

「あぁ、これから野球をやろうかと思っていてね、でも人数が少ないから野球もどきにはなってしまうんだけどよかったらフランも一緒にどうだい？」

そして俺が天真爛漫という言葉が似合う彼女に野球のルールを軽く説明すると「やりますわっ‼」と、颯爽と庭へと駆け出して行く。

「さて、俺たちも流石にそろそろ庭へ行こうか」

そんなフランを見て俺も重たい腰を上げて庭へ行く事にする。

しかしながらフランはこの二年で更に美しくなっており、今から婚約破棄をしても相手には困らないだろうに未だに婚約を継続してくれている。

もちろん、婚約についてはチーズをこの領地で作れるようになる前から『この領地を継ぐわけでもなければ貴族として残る気持ちもない。更に言うと将来は平民として質素な暮らしをすることになる可能性も高い』という事を懇切丁寧に説明した上で違約金は要らないから他に素敵な方ができたのならば直ぐに破棄してもらって構わないと言った事があったのだがフランはそれを断固拒否し、フランの両親からは『見せたくないマイナス部分をを見せてくれる、貴族でも珍しい誠実な男性だ』と何故か気に入られてしまい、フランへ『こういう男性は将来必ず成功するから絶対に手放すな』とまで言われてしまったのである。

いや、こういう男性だから将来騙されて一文無しどころか借金まで作ってしまう可能性すらあるのでは？　と思ったのだが、結果としてその先見の明は正しかったわけで今現在ではチーズでそこそこの利益をもたらし始め、それだけではなくヨーグルトがここ最近いい感じで売れ始めてきている。

この段階でもう小金持ちの平民レベルの生活はできるうえに、まだ調味料や酒類という隠し弾もあるわけで、ここから更に稼ぎが増大する可能性もあり、しかもフレイムの稼いでくる金額もここ最近では馬鹿にできない額になってきている。

ちなみにフランはというと断固拒否発言の後に『ローレンス以外は考えられませんわっ！　多少貧乏でもローレンスがいいですわっ!!』と発言し、結果何やかんやで今も俺の婚約者でいてくれる。

こんな俺なんかどこが良いのか分からないのだが『この人たちの為に頑張るのも良いかもしれない』と思えるくらいにはフランを良く思い始めているのも事実である。

野球では俺は後方で球拾い、フレイムはキャッチャーを、マリアンヌとフランはピッチャーとバッターを交互に遊び始めるのだが、途中でピッチャーをやっていたマリアンヌがお転婆を発揮させて風魔法を行使して強引に変化球を扱い始めた時はビックリしつつも、流石異世界だなと感心もする。

そんなこんなでマリアンヌが魔球を使い始めてからはフランも魔球を使った結果、高度な読み合いが始まり気がついたらあっという間に夕暮れであった。

　余程楽しかったようで二人は夕暮れになっていた事にも気付いていなかったのか、俺の『そろそろ戻ろうか』という掛け声でその事に気付いたらしく、そして俺やフレイムがずっと同じポジションで誰が見ても面白いであろうピッチャーやバッターをやっていない事にも気付いて謝罪してくるのだが、こちらとしてはみんなが外で元気に遊ぶ姿を見るだけで楽しませてもらったので、それを説明した上で『気にしないで』とフォローを入れておく。

　気分的には河川敷で少年野球を眺めるおじさんといった感じに近いだろう。

　今ならば『見るだけで何が面白いのか』と前世の子供時代に思っていたあの少年野球の練習を見ていたおじさんたちの気持ちが分かるというものである。

　ちなみにフレイムがキャッチャーだったのは力加減を誤ってしまいそうだからだそうだ。

　フレイム本人は『ピッチャーが投げた球の衝撃を風魔法で吸収していたお陰で魔術の繊細なコントロールを身に付ける良い練習になりました』とは言っていたものの、もしかしたらピッチャーやバッターをしてみたかった可能性もあるので後日何かしらで労ってあげようと思うのであった。

閑話――フレイムはマリアンヌと休日を過ごす――

今私とマリアンヌは久しぶりに休日を取り、街へとくり出していた。

そもそも私もマリアンヌも『休日など要らない』『もっとご主人様に尽くしたい』という考えで『ご主人様に尽くせている時間こそが私たちにとって最も幸福な時間なのですっ』といくら説明して懇願してもご主人様は頑なに首を縦に振ってくれなかった。

ご主人様曰く『流石にそんなブラックな環境にするつもりはない』との事なのだが、ブラックな環境とはどのような環境を指すのであろうか？

会話の流れから過酷な環境だとか、酷い環境という事だろう……多分。

たまにご主人様は私たちが知らない言葉を使うので、そういう何気ない会話からもご主人様の地頭の良さが窺えてくる。

「私も今ご主人様に教えていただいている『微生物やカビなどを使った食品・調味料作り』とやらの勉強をしている方が楽しく、そして有意義な時間の使い方だと思うのですけど……っ」

そしてマリアンヌは先ほどのご主人様とのやり取りを思い出したのか、可愛らしく頬を膨らませて文句を言っているではないか。

　出会った当初こそ元王妃として様になった立ち振る舞いをしていたのだが、ここ最近では十二〜十三歳程のお転婆娘といった立ち振る舞いへと変わって来ており、元々マリアンヌはエルフの血も混じっているので、これが本来のマリアンヌの姿なのだろうと私は思う。

　それだけ王妃というのは様々なしがらみや重圧があったのであろう。

「そうですね、私もそう思うんですけど、ご主人様がそう言うという事はきっとそうした方が良いからなのでしょう」

「そ、それはそうなのだけれども……っ」

　そしてマリアンヌもその事を頭では分かっているのだけれども心がまだ納得できていないようである。

「あ、ではこれなんかどうですか？」

「これ……？」

「ご主人様が私たち奴隷を集めて何をしたいのかという事について考える、という事です」

「それ面白そうねっ‼」

　マリアンヌは私の提案を聞くと興味を持ってくれたようなので、近くの喫茶店に入ってじっくりと考えようという事となった。

「あの日フレイムさんに言われてから、私なりにご主人様の言動や行動を注意深く観察していたの……っ」

「ほうほう……」

「ご主人様ですが……基本的になにも怪しい言動はしていなかったのですが、ただ一つ。明らかに『この技術や知識はいざという時に使えという事よね……？』というような、非常に致死率の高い細菌などまで教えてくれるの。これは、物凄く怪しくないかしらっ⁉」

「ほう……？」

マリアンヌは私にだけ聞こえるように小声で話してくれるのだが、確かにマリアンヌの言っている事が本当であれば、わざわざ危険な細菌を教えるというのは疑問ではある。

「もしかしたら戦うすべを知らなかった私に武術と魔術、その両方を教えてくれた事と関係があるのかもしれませんね……っ！」

「……なるほど。という事はご主人様は奴隷中心の戦闘集団？　のような組織を作る事が目的の可能性もあるわね……っ」

「そ、それは……私たちが裏で悪い方たちを成敗していく、そんな組織を作りたいとご主人様は思っておいでなのでしょうかっ⁉」

その私の推理に、マリアンヌは目をキラキラさせながら話し始めるではないか。

しかしながら、確かにマリアンヌの言う通りローレンス様が私たち奴隷を使って今までなかなか手が出せなかったような悪い奴らを倒すために奴隷を集めているのだとすれば、奴隷である私に魔術と武術を教えたのも、マリアンヌに危険な細菌類？　というのを教えたのも納得がいく。

ただ、奴隷が稼いできた金銭を受け取らない理由は未だ分からないのだが、それは恐らく装備品の購入やらなんやらを考えての事なのか、ただ単に奴隷の士気を上げて悪い奴らに返り討ちにされるリスクを少しでも減らそうという意味かもしれないのだが、いずれローレンス様のお考えはわかるだろうからその時まで持っていればいい。

そして私とマリアンヌはローレンス様から頂いたお小遣い（自分で稼いだ金銭ではあるのだが、奴隷が稼いだ金銭は主のものであるので、結果お小遣いという形で頂いている）で街をぶらぶらと買い食いしたり、雑貨を見たりしながら久々の休日を堪能するのであった。

そんなこんなで俺は目標である『奴隷たちを有効活用して働かずにスローライフ生活』に加えて新たな野望、幸せな家庭へ向けて着実に近付いているのを実感しつつここで気を緩めないで堅実に一歩一歩野望に向かって歩んで行こうと思いながらフレイムとマリアンヌの奴隷二人と共に街中を歩く。

今日二人と一緒に街へ来たのは他でもない、三人目の奴隷を購入する為である。

お父様に借りていた、フレイムとマリアンヌの購入代金も完済でき、ある程度資金も貯まってきたので、自分で金を出して奴隷を買いたいと思ったというのが大きいのだが、やはりそろそろ上前をはねさせてくれる相手候補を増やしたい所でもある。

そしてゆくゆくは奴隷だけを有効活用して働かずして金銭が湧き出る仕組みを作り、それで稼いだお金で俺は晴れて働かずにスローライフを過ごす事ができるのだっ！　とは言うもののまだまだちゃんとした奴隷を買えるだけのお金はない為、今日は下見と、欠損奴隷にダイヤの原石が転がっていた場合は購入しようかな、程度ではあるのだが。

ちなみにマリアンヌの顔には万が一を想定して他人に見られないように薄い白のレースをかけてある。

「お待ちしておりました、ローレンス様。そして、マリアンヌ様も……本当に良かった……」

早速俺たち三人は最早行きつけと言っても良いいつもの奴隷商へと行くと、事前に連絡をしていないにもかかわらずオークスが出迎えてくれ、マリアンヌの姿を見てうっすらと涙を浮かべていた。

「すみません、少し取り乱してしまいました。それで、本日はどのようなご用件で来られたのでしょうか」

「そうですね、今日はそろそろまた奴隷を一人増やそうと思ってここへ下見がてら来ました」

そして俺はオークスからここへ来た理由を聞かれたのだが、あくまでも下見である事を強調して答える。

流石に毎度毎度お父様にお金を借りるのもどうかと思うので（お父様は返さなくても良いとは言っているのだが、家族間だからこそ金銭的な部分はしっかりとしたい）ここで下見ではなく買いに来たと思われては後々面倒である為早めに下見で来た事を伝えられた事に胸を撫で下ろす。

この世界であろうと前世であろうと隙を見せたが最後、言葉巧みに誘導されて結果何かしら買わされてしまうのが普通のお客であり、相手が交渉に入る前にこちらの要件を伝えるのがベターであろう。

そうすれば向こうもその要件を少し超えるくらいの要求しかできなくなるだろう。

「下見ですか……ちなみにご予算は決まっているのでしょうか？」

「そうですね、予算的には金貨三枚で買えれば良いかな、とは思ってます」

「かしこまりました。予算前後で収まる奴隷をご紹介いたします。しかしながら金貨三枚ですと今のところ犯罪人の上に片足を欠損している奴隷しかいないのですがよろしいでしょうか？」

一応予算を伝えるとその範囲内の奴隷を紹介してくれるみたいなのだが、今現在俺の提示した予算に収まる奴隷は一人しかおらず、しかも犯罪奴隷であり片足を欠損していると言うではないか。

それはどうなんだ？　とは思うものの一応見るだけならばただという訳でその奴隷を見てみる事にしてみる。

「こちらが、その奴隷でございます」

　そして俺はオークスに地下の一角へと案内され、そこにある檻の中にあるベッドに腰掛けている男性を紹介される。

　紹介された男性は二十歳前後で栗色の長髪で身長は低く、そして中性的な顔立ちで小柄な体型である。

　もし彼の頬に十字の刀傷があればまさに天翔けちゃうし竜閃いちゃう奥義を放ってきそうだなと思ってしまうような容姿をしていた。

「…………チッ」

　そして、その某アニメキャラに似ている片足の男性は俺の姿を一瞬だけ見ると舌打ちして目を逸らす。

　その時一瞬だけ見えた彼の目はくすんではいたものの、その奥には強い意志を感じたような気がした。

「ちなみに彼はなんで犯罪奴隷なんかに？」

「両親は流行病で死に唯一の肉親である妹が豪商のドラ息子に犯されそうになっていた所を寸前で発見し、妹を助ける為にドラ息子をぶん殴ってしまった結果、片足を切り落とされて犯罪奴隷へ落とされております」

ここの奴隷商が取り扱っているという事は犯罪奴隷だったとしても訳ありだろうと思っていたのだが、俺の推理通り訳ありではあったものの重すぎる内容に思わず聞かなきゃ良かったと少し後悔してしまう。

「ち、ちなみに妹さんは……」

そして、聞いてしまったからには気になるというものである。気が付いたら俺はオークスへこの犯罪奴隷の妹が今どうなっているのか聞いていた。

「安心してください。妹さんならば私共が保護しており、今のところなんの問題もございません」

そしてオークスの言葉を聞いて安心するのだが『しかしながら』と続きを言い始めるではないか。

大丈夫なのか大丈夫じゃないのかハッキリしてほしい。

「この犯罪奴隷が安いのにはもう一つ、他に理由がありまして、妹さんが成人して独り立ちするまで兄と一緒に過ごさせて欲しいというものでございます。勿論(もちろん)、妹さんは売り物ではないので奴隷契約はできません」

成程、そりゃ安い訳である。

「しかし、だからと言って性格が捻じ曲がった人物に購入されてしまった場合奴隷にした兄を盾に妹さんが『言う事を聞かないと兄にヒドイ事をするぞ』などと脅迫されてしまうかも知れませんねぇ。私としてはローレンス様に購入して頂けると安心して販売することができるんですけどね。それにこの犯罪奴隷はこれでもここから山を三つ越えた先の、問題を起こした領地の冒険者ギルドではランクCまで上り詰めた実力者でもある為本当の値段は金貨五枚なのですが、ここはお得意様でもありマリアンヌ様の美貌をもう一度拝む事ができたお礼に、ローレンス様にだけ特別大特価今回のみ金貨三枚にしているのですよね、実は」

「買いますっ‼」

「ありがとうございますっ‼」

あれ？　あれ程気をつけていたにもかかわらずなんかオークスのセールストークという魔術に見事ハマってしまい気が付いたらこの奴隷を購入する事になっているではないか。

いや、セールストークというのはきっと気のせいで、本当に俺に買ってもらいたかったかも知れないし、俺にだけお値打ち価格にしてくれている可能性だってあるのだ。

ここでオークスを疑うのは違う気がするし、たとえ本当にセールストークだったとしてもこの奴隷と妹の幸せを願っている事は本物であると、今回の売り方を見れば伝わってくるので、むしろ俺はそれを見越してわざとオークスのセールストークに乗ってあげたという訳である。

「さぁ、今から奴隷契約をいたしますのでこの檻から出て来て下さい。ここにいるお方が貴方(あなた)を購入されましたご主人様となるお方です」

「…………まだ子供じゃねぇかよ」

そしてオークスは奴隷の態度を見た俺の気が変わる前にと言わんばかりに早速今回購入する手続きへ移行しようとするではないか。

その流れのまま俺は全てオークスに任せて奴隷契約を進めてもらう。

そして、この奴隷は冒険者ランクがCというところを見るに片足も義足を装着させれば全盛期レベルの動きは無理でもDランクレベルの活躍は期待できるはずで、そんな者が犯罪奴隷だったとしても金貨三枚はどう考えても破格である為『身銭を切ってでも助けたい』というオークスの感情が伝わってくる。

だというのにコイツは、何も分かっていないようで太々(ふてぶて)しい態度のまま感謝の言葉の一つすらない事に俺は少々腹が立ってしまう。

年齢的にも二十歳前後であるところを見るに、ところ構わず感情のまま噛(か)みついてしまうのは致し方ない年齢なのかも知れないのだが、より良い所へ売ろうとしてもらったり、妹も保護してもらい、さらに兄妹(きょうだい)が離れ離れにならないようにと動いてくれたりして奴隷商にとってはマイナスしかないにもかかわらず少しでも良い結果をと考えてくれているオークスへ当の本人がその態度ではさすがの俺も我慢はできないし、誰かが叱らないといけないと思った。

◆

「と、いう訳でいきなりで申し訳ないのですがセバスさん、コイツの根性と性格を叩き直して下さい」

「畏まりました、ローレンス坊っちゃま」

「はっ!? おいっ!! 聞いてねぇぞっ!!」

「ローレンス坊ちゃまが奴隷であるあなたに命令されていないとは言えウェストガフ家の者であり、更にあなたのご主人様でもあるローレンス坊ちゃまに対してこの態度とは……確かにそれなりの躾が必要ですね。これは躾け甲斐がありそうです」

いつもニコニコで好々爺といった感じのセバスなのだが、コイツに向ける笑顔は何故か笑っているように見えないのは気のせいだろうか?

そんなこんなで新たに奴隷として初めて俺が自分の金で購入した猿、もといヤースはセバスに首根っこを摑まれそのまま引き摺られていく。

「あ、一応セバスの言う事は絶対厳守ね」

「フッざけんなっ‼　誰がこんなジジイの言う事なんか聞くかよっ‼」

「残念、これ、命令なんだよね」

「片足がなくてもできる鍛錬はございます。ローレンス坊ちゃまに片足を治して貰えるまで休めるとでも思ったのですか？」

「畜生ぉぉぉおっ‼」

うん、キースが加わっただけでかなり賑やかになってきたな。

そしてキースの妹であるメアリーはというと今現在年齢は十六歳との事で精神年齢が近いのか早速マリアンヌと意気投合して話に花を咲かせている。

因みにフレイムはというと『私も負けてられないのでキースと一緒に鍛錬して来ますっ‼』と、セバスについて行った。

一体、フレイムはどこを目指しているのだろうか？　と時々不思議に思うのだが本人が強くなりたいと言うのであれば別に止める必要もないだろう。

強くなればなるほどギルドでの稼ぎも多くなるだろうしね。

さて、今回購入したキースなのだが勿論勢いだけで購入したわけではない。

オークスにキースのスキルを教えてもらった時、オークスはあまり教えたくなさそうな表情をしていたのだが、そんなキースのスキルは【LUK上昇】である。

そしてオークスの表情からしてもこの【LUK上昇】というスキルはゴミスキルだと思われているようなのだが、しかしながらこの【LUK上昇】の効果――LUK、すなわち幸運度が上昇するという能力を知っている俺からすれば喉から手が出るほど欲しいスキルの一つである。

何故ならばこのスキルは仲間にも同様に効果が発揮される為、思っている以上にぶっ壊れているスキルの一つでもあるからだ。

今回の件も、妹さんは犯されてないし、キースは結局妹と一緒に住めて足も治してもらえる事を考えればどう見てもこのスキルの恩恵であろう。

そしてこのスキルの落とし穴なのだが運が上がるだけで不幸にならないという訳ではない。不幸な事が起きる時は起きる為、過信は禁物である。

それでも、仲間内の運が上昇するというのはぶっ壊れ性能と言っても過言ではないだろう。

そして何よりも、俺の最終目標である『奴隷たちを有効活用して、奴隷たちが稼いだお金でスローライフ』を実現させる為には戦闘スキルよりもこのスキル【LUK上昇】が重宝される事は考えるまでもない。

そんな事を思いながら俺の夢であるスローライフ(働かずして生きる)を成立させるための作戦を頭の中で組み立てていくのであった。

◆

キースを購入して一ヶ月が経(た)った。

その間キースの素性を調べたのだが、やはり俺の想像通りキースはやりすぎたみたいである。

勿論キースの妹を犯そうとした豪商のドラ息子は許せないのだが、そのドラ息子はキースの妹を犯そうとしたばっかりに前歯が全て折れ、片目は失明、右足の骨折に、肋骨(ろっこつ)は三本折れており、その結果内臓損傷、結果神官行きで瀕死(ひんし)の状態からの治療というわけで治療費にして金貨十枚である。

その結果から見てもキースは間違いなく怒りで我を無くし、結果殺すつもりで本気で暴力を振るったのだろう。

マジで、下手したら殺されていてもおかしくないレベルな上に拾われたのが俺なのだからやはり運はいい方なのだろう。

そしてその運が良いキースくんは俺を睨み付けながら修練場で俺に相対している。

「おい、俺のご主人様だかなんだか知らないが手加減はしねぇからな」

「あ、それは大丈夫です。むしろ僕の方が手加減しないといけませんし」

「ぐっ、言うじゃねぇかよ……絶対に泣かしてやる」

そのキースは、今日はいつもよりも一層噛みついてくるのだが、その理由は切り落とされた足が元に戻ったからであろう。

そしてフレイムの魔臓同様に『無いものを作り出す』というのはスキルのレベルがいくらか上がった今の俺でも時間がかかるらしく、治すのに一ヶ月もかかってしまった。

それでもこうして新たに足が生えてきたので、やはりこのスキル【回復】は相変わらずぶっ壊れているなとしみじみと思ってしまう。

今よりも極めたら首から下を切り離されたとしても身体が生えてくる可能性だってあるのだ。

……自分で想像してその気持ち悪さに少し気分が悪くなった。

それはさておき約一ヶ月かけてキースの足は元に戻ったのだが、途端にキースは俺へ決闘を申し込んできたのである。

これにはもうキースの妹であるメアリーはカンカンで昨日から口も利いてくれないみたいである。ザマーミロ。

しかしながらキースが俺に反抗的な態度を取ってくるのも何となくだが分かる。

要は『自分より強くなければ認めない』という事なのだろう。

うん、やっぱりまだまだ考え方は子供だな、と思ってしまう。

もしやこれで俺が怒って妹ともども罰や応報をしようとする可能性を考えないのだろうか？　考えてないのだろう。だから俺がここで彼を躾ける必要があるみたいである。

そんな事を思いながら、今回の決闘は俺自身今の自分がどれほど実力があるかある種の力試し的な事をするつもりでもある。

今の俺が冒険者ランクCの相手にどの程度通用するのか、非常に楽しみだ。

そして、自分の力を試せるという事にワクワクしている自分に気づき、なんだかんだで俺も男の子だな、と思うのであった。

――キース side――

両親が死んだ。それも流行病であっけなく。

妹もその流行病に罹(かか)っていたのだが何とか妹だけは生き永らえてくれた。

その時には一応俺は冒険者登録をしており、日々草刈りや地域清掃などといった雑用から薬草採取といった比較的簡単で安全な依頼をこなしていたのだが、両親が死んでそうもいかなくなった。

その結果俺は妹を食べさせていく為に報酬は高いが危険度も高い仕事をしていかなければならなくなったのだが、ここで俺が死んでしまっては元も子もない。

もちろん騙(だま)されて一文なしというのも避けなければならないため、結果ソロで活動しながら少しでも危険だと感じたら依頼のランクを一つ下げるというやり方で冒険者稼業をこなしていった。

最初冒険者ランクが上がるまでは金銭面でかなり苦労したし妹にもひもじい思いをさせてきたと思うが、自分が死ぬよりはマシだと言い聞かせて、気がついたら冒険者ランクもCランクまで上がり、金銭面でも余裕ができていた。

そしてこの冒険者稼業で覚えた事は『他人は信用できない。全員敵だと思え』という事である。

人の好さそうな顔をして初心者に近づき、騙すというのを幾度となく見てきた。

そして何人もの冒険者が契約違反で登録抹消されるのも見てきたが、そういう奴(やつ)らがいなくなる事はなかった。

そして俺はCランクになり少しだけ慢心していたのだろう。

そんな時に妹が豪商のドラ息子に襲われかけている場面に遭遇してしまったのである。

以前の俺であればそいつを妹から引き剝がして憲兵に突き出す程度で終わっていたのだろうが、その時の俺はその光景を見て『このむしゃくしゃした気持ちを吐き出せる良い相手が見つかった』と思ってしまったのである。

その結果俺が逆に憲兵に捕まる事になり、ドラ息子の親から報復として片足を切り落とされた上に奴隷に落とされた訳である。

俺の運もここまでかと思ったし、今まで妹のためにと俺がいなくなるような事はしないように頑張ってきたというのにたった一度の過ちで全てが台無しである。

そして俺がいなくなった後の妹を待つ未来を想像すると、いかに馬鹿な事をしたのかと、後悔で押し潰されそうになった。

そんな時に俺を引き取ってくれた奴隷商は俺の妹のことも面倒を見てくれるだけではなく、俺と離れ離れにならないように、そして妹の待遇も良くなるように交渉して売ってくれると言うではないか。

だというのに俺は、心では感謝こそしていたのだが表に出す事はできず、それだけではなく今までの冒険者稼業で染み付いた、荒々しく、他人を寄せ付けず、横暴で可愛げのない子供のような態度をとってしまい、自己嫌悪に陥ってしまう。

そしてまだその奴隷商に引き取ってもらってから三日ほどしか経っていない時に早速俺を買いたいという物好きが現れた。

もし、俺の妹目当てのふざけた野郎だったらそいつの奴隷になる事は拒絶しまくる覚悟だったのだが、蓋を開けてみれば俺の半分にも満たないであろう年齢の子供であった。

どんな奴が来るのかと警戒していた俺の感情は、そいつを見た瞬間に怒りへと変化していった。

クソガキの容姿から世間の荒波も知らない貴族の子供であろう事は見て分かったし、その事が余計に腹が立った。

そして俺はこのクソガキに買われた後も反抗的な態度をとってしまい、折檻したければすれば良いと思っていたのだが、折檻どころか反抗的な行動を縛る命令はしてこないではないか。

その代わり一度だけ命令された内容は俺を買い取ったクソガキの家、ウェストガフ家の執事であるセバスさんに鍛えてもらえという命令のみである。

そんな事をしなくても『喋るな』などの行動を束縛する命令をするだけで済むにもかか

わらず、わざわざ鍛えさせるという意味が俺には分からなかった。

そして、そんな生活が一ヶ月続いた時俺の足はクソガキもといご主人様のスキルによって完璧に再生した。

まさに人ならざる神のなせる業であると思ったし、年下のくせに俺よりも考え方が達観しており大人びてさえいるのがこの一ヶ月で嫌というほど理解させられ、それと同時にいかに自分の考え方が子供であるか思い知らされた。

そこまでわかっているにもかかわらず未だにご主人様に対して失礼な態度をとってしまう俺が嫌になってくる。

その事をこの一ヶ月で二人目の父親のような存在となっていたセバスさんに相談したところ、ご主人様に一度決闘を申し込めば良いと言われるではないか。

そして決闘当日、よく男の冒険者同士で話していた男が男に惚れるという意味がいまいち分からなかったのだが、今俺はそれがどんな感情であるのか分かった気がした。

高濃度の魔力は可視化できるのだが、その可視化された魔力がご主人様の周りで七色に輝きを放っており、そして何故か温かい。

俺のご主人様は犯罪奴隷であり態度の悪い俺を見捨てず介抱し、妹にも優しくしてくれ、そして魔術を行使しようとする姿はこんなにも美しいのである。

「はは、こりゃ敵わねぇや……」

セバスさんに『手合せを申し込めば良い』と言われた時は意味が分からなかったのだが、これは確かにセバスさんの言う通りだ。

聞けばフレイム先輩もマリアンヌ先輩もご主人様に酷い怪我を治していただいたという事を知る。

「俺なんかがどうこうできる相手ではないとセバスさんも知っていたんだな……」

確かに、口で言っても俺は聞かなかっただろうと思うので方法としてはこれが一番手っ取り早くて効果的だな……。

それと同時に俺は人としてもご主人様には敵わないという事を思い知らされる。

これほどの魔力を持ち、態度に出さないどころか人を救うために使うご主人様と、実力をつける度に横暴になり、結果相手に原因があったにせよ暴力を振るってしまった俺。

実力でも人間的にも完敗だ。

そして、そこから俺の記憶は途絶えるのであった。

◆

「おはようございますっ！　ご主人様っ」

一体どういう心境の変化だろうか？

あの決闘以降キースが怖いくらい従順になり、横暴さが無くなるだけでなく今朝は言葉使いまで変わってしまっているではないか。

「……いきなりどうしたの？」

「自分、ご主人様に惚れましたっ‼　ですので、ご主人様の言いつけならば何でもしますっ！　いや、何でもさせて下さいっ‼」

何故だろう？　急に俺の肛門が疼き始めてくるのは……。

とりあえずキースに聞いても意味が分からないのでセバスに『どういう事？』と視線を向ける。

「男が男に惚れたという事でしょう。これからはローレンス坊ちゃま専属の従者になりたいという事なので私がどこに出しても恥ずかしくないよう育て上げてみせます。幸い、冒険者ランクCまで上り詰めるだけの能力はあり、まだまだ伸び代はあるようですので隠密系統の武術も仕込ませていただく予定です」

「あー……うん、程々にね、セバス。あとキースもガンバってね？」

「かしこまりました」

「はいっ！　頑張りますっ‼」

なんか物騒な言葉と、何故か肛門がむず痒くなるような言葉が聞こえた気がしたのだがきっと気のせいだろう、と俺は考える事をやめてセバスに丸投げするのであった。

閑話――フレイムは考える――

ご主人様は新たな奴隷としてキースとかいうクソガキを購入してきた。

ちなみにこのキースなのだがせっかくご主人様が購入してくれたというのに、ご主人様に対して反抗的な態度を取るクソ野郎な子供であった為、こんな奴の呼び方などクソガキで十分であろうと、当初の私はそう思っていた。

しかしそこは私たちのご主人様である。

キースの欠損していた部位を復元なさるだけではなく、どうやったのかは分からないのだけれどもキースのあの舐め腐った態度までもが嘘のように百八十度変わり、今ではご主人様に陶酔してしまっているのが見て分かる。

流石ご主人様としか言いようがない。

そして、やはりというかなんというか、キースもまた私たちと同じように武術を習い

（魔術の適性は低かった為に武術中心だそうな）始めるではないか。

　初めこそセバスさんとの模擬戦は一方的にボコられる（セバスさん曰く肉体言語だそうだ）毎日であったのだが、ここ最近は模擬戦も形になって来ているのでその成長スピードには目を見張るものがある。

「それで、キースはどう思いますか？」

「そうですね……俺が今教わっている武術に関してもそうですが、今までの話を伺った限りではマリアンヌさんもフレイムさんもご主人様に拾われてからの戦闘力の向上具合ははっきり言って異常としか言いようがないでしょう。それこそ、どっかの大きな組織を潰すために俺たちを育てていると考えた方が納得がいくほどには」

　そして私が『何故ローレンス様は奴隷である私たちに過剰と言えるまでの強さを求めているのか』について思い至った持論を話してみると、キースもまたこの異常な戦闘力向上具合をふしぎに思っていたらしく、私の考えには概ね納得がいくようであった。また、やはりというかなんというか、表向き従者として育てられているキースに関しても他の一奴隷ではない従業員同様にお給金が支払われているようで、これについても私やマリアンヌ同様に疑問に思っているようである。

　そもそも奴隷に金銭を与えるという事は、それだけできる事が増えるという事であり、言い換えると奴隷が主人に対して対抗できる手段も増えるという事である。

基本的に奴隷というものは主がやりたがらない事や欲求を解消する為に購入するわけであり、言い換えると奴隷として購入した人に対して恨みを買うような行為をするのである。

そんな奴隷に対して対抗できる手段を増やす行為である『金銭を与える』というご主人様の行為はやはり私たち奴隷からすれば異様に映るのである。

まぁ、だからと言って私たちがご主人様へ敵対行動を取るような事はあり得ないので、金銭を頂いても使いようが無く、だからこそ困惑しているというのもある。

命を救ってくださり衣食住まで与えてくださっている。これ以上何を求めるものがあるというのか。

「もしかしてですけど、この資金は俺たち奴隷が『世に蔓延(はびこ)る悪を潰すための組織の運営資金に充(あ)てるもの』ではないでしょうか？」

「それは私も一度考えたんですけど、わざわざ私たちに、その為に金銭を与えるのは二度手間ですし、それならばご主人様がご自分でやった方が早いと思うんですよね……」

「そこですよ。奴隷だけの裏組織を作る時に、恐らくご主人様自ら金銭を使うと旦那様に怪しまれる可能性もあるのでは？　ようは金銭の出所をできるだけ分からないようにするのと、俺たちにその事を言わずに、奴隷たちが自らその答えに辿(たど)り着くように仕向け、ご主人様の意志とは別に奴隷たちが勝手に裏組織を作ったという体にしたいのでは？　そうすれば何か問題が起きたとしてもそれはご主人様ではなく奴隷たちが勝手に行った事にすれば罪も軽くなるのでは？」

目から鱗とはまさにこの事を言うのだと、私はこの時初めて思えてしまう程の衝撃を受けた。

これが『定期的に奴隷を集めている理由』『私たち奴隷を鍛えている理由』『私たちに分不相応の高いお金を渡している理由』それら全ての点が線で繋がった瞬間でもあった。

それは私の隣にいるマリアンヌも同じようで、お転婆娘が新しいおもちゃを手に入れたかのような表情で目をキラキラと輝かせ始めている。

「……キース、あなたのその推測は間違いなく真実でしょう。こうしてはおられません。早速私たち奴隷だけの裏組織を作らなければなりませんねっ!!」

「そうですねっ!!　凄く楽しみだわっ!!」

「まったく、俺たちのご主人様は……他に伝えようがあっただろうに。でも『お前たちならばこの答えに辿り着いてくれる』という信頼を感じて悪い気はしないですね」

こうして、私たち奴隷だけの裏組織は発足するのであった。

五章・罠だとしても行かねばならぬ時がある

あれから二年が経ち十歳となった俺のスローライフ計画もだいぶ現実味を帯びて来たように思える。

というのもチーズとヨーグルトの売り上げと、今年から味噌、醤油、みりん、日本酒の販売を始め、それが意外と好調なのである。

その他にもマリアンヌのおかげで今現在鰹節も製作中だったりする。

ちなみに味噌と醤油、みりんを流行らすために、事前に領地の飲食店店主たちを試食会へ招待しており、そこでそれら調味料を使った料理を振る舞い、帰りにそれらレシピと調味料を一人一種一キロ程手土産で渡したのが功を奏したようである。

その試食会で振る舞った料理は魚介と昆布ベースのうどんから味噌汁、鶏の照り焼きからバターと醤油ベースのパスタ、焼き魚に大根おろしや椎茸に醤油を垂らして焼いた物、炊き込みご飯など、取り敢えず奇を衒わず王道と呼べるようなものを揃えたというのも好印象だったようである。

そして今現在では照り焼きチキンがここウェストガフで大ブームになっていたりするのだから嬉しい誤算でもある。

ちなみに昆布とワカメ、そして魚介類などはフランの領地が海に面しており格安で卸してもらっている。

そのかわりに鰹節の製作法の伝授と、こちらの製作した調味料を格安で卸しており、そのお陰もあって俺は晴れてフランの領地で新鮮な刺身を醤油で食べることができるというわけで、今それが俺の目の前にあるのだ。

十何年ぶりだろうか。

その赤と白にピンク、まるで宝石のような輝きを放っている、目の前の刺身を俺は五分ほど眺めた後、鯛っぽい白身を一つ箸で摘まみ、醤油をつけて口へと放り込む。

するとねっとりとした生魚特有の食感と旨味、脂の甘さが口いっぱいに広がっていき、そして醤油と魚の香りが鼻から抜けていく。

あぁ、これぞ故郷の味。

味噌汁や卵かけご飯の時にも味わった感動なのだが、やはり刺身ともなると別格である。

そして次は本ワサビの代わりに西洋ワサビを添えて食べる。色こそ白いのだが、やはり刺身にワサビは最高の組み合わせであると再確認する。

「ご、ご主人様……生の魚なんて食べても大丈夫なのでしょうか？」

「私も少し心配だわ。ご主人様の事ですから大丈夫だとは思いますけれども、それでも生の魚ですもの」

そんな俺にフレイムとマリアンヌが心配そうに話しかけてくる。

「淡水域の魚の生食はヤバいけど、海の魚は比較的大丈夫なんだ。と言っても猛毒を持つ魚もいるから必ずしも全ての海の魚が生で大丈夫というわけではないんだけれどね」

「失礼な女性たちですね。ご主人様が大丈夫と言えば大丈夫なのがなぜ分からないのか、私には全くもって理解できませんね」

そしてすかさずキースが女性陣へと噛みついていく。

この二年間セバスに色々叩き込まれているようなのだが、いったい何処へ向かっているのかと思いたくなる。

それでも従者用に用意したフォーマルウェアをピシッと着こなしていると思えるほどには一つ一つの動作が様になっているところを見ると、俺の知らないところでキースもかなりの努力をしているのが伝わってくる。

取り敢えず今はキースの事は置いておいて、この魚の生食に関してはこれから時間をかけて開拓していくのもそれはそれで楽しそうだ。

　俺やマリアンヌもいるのである程度安全面を確認した後にこのように実食し、問題なかった魚をピックアップしていき、万が一体調が崩れた場合は俺のスキルで回復させればいい。まさに最強コンビとは思わないかね？　ワトソン君。

　そして元々この世界にはリンゴ酢があったのでそれで酢飯を作れば、寿司がこの領地で食べられるのも近いのかもしれないが、さすがに生の魚を食べる文化を根付かせるには数世代にわたって根気強くやっていく必要はあるだろう。

　そしてリンゴ酢があるということは当然この世界のパンもふっくらとした焼き上がりなので、まだ生まれたばかりの俺が考えていた『ふっくらふわふわパンで荒稼ぎ大作戦』の夢は速攻で潰えたのを思い出す。

　余談はさておきリンゴ酢でも酢飯は作れるようなのだが、食べたことは無いのでこれはこれで楽しみではあるが、本来の寿司に合う米酢を作るのは決定事項だ。

「せっかくわたくしの領地に訪れていただいたのにそんなゲテモノを食べなくても、腕の良いシェフに領地自慢の料理を作らせますのに」

　そして、俺が郷愁に浸っているとフランがご自慢のドリルをギュルンギュルンさせながらそんな事を言うではないか。

まぁでもこの世界の人からすればたとえ海沿いに暮らしていたとしても魚の生食はゲテモノだよな……。

「そんなものを生で食べたらお腹を壊しますわよ？」

「それはちゃんと対策しているから大丈夫。もし寄生虫にあたっても僕本人に回復魔術をかけたら寄生虫も死ぬみたいだから心配ないよ。むしろ僕だからこそできる食べ方とも言えるね」

そして、魚を生で食べる俺を心配してくれるフランに大丈夫だと返しておく。

このスキル【回復】なのだが、初めはアニサキス的な何か（以降アニサキス）などの生物には対応しないと思っていたのだが、ものは試しとマリアンヌのスキルでアニサキスがいる事を確認した魚にスキル【回復】をかけると、どうやらアニサキスは死滅するようである。

風邪や流行病といえども原因は細菌やウイルスであり、スキル【回復】を行使すると治るという事は身体の中の細菌やウイルスは死滅したという事なのだろう。

そしてこのアニサキスにも同じことが考えられ、細菌やウイルスが死滅したようにアニサキスも死滅したのだろう。

万能すぎませんかね？

このスキルのレベルをこのまま上げ続ければ老いすら克服しそうで怖いんですが……。

「ま、まぁ……ローレンス様が大丈夫ならば良いのですが……」

「心配してくれてありがとう、フラン」

「べ、別にっ、自分の婚約者の体調を心配する事など当たり前ですわっ‼」

「うん、そうだね。でもその当たり前の事ができるのって簡単に見えて実はものすごく難しい事なんだよ。そんな難しい事ができるフランはやっぱり魅力的で良い女性だと僕は思うよ？」

そして俺を心配してくれるフランを誉めてあげると、口では当たり前だと突っぱねるのだが二本のドリルは嬉しそうにギュルギュルと回転しているので本当にフランは分かりやすいな、と思う。

「ま、まぁ？　わたくしが可愛い事は本当ですしねっ！　ですが本当に健康だけには気をつけてくださいまし。いくらローレンス様のスキルが健康に関して発揮するといっても過信するのもいけないと思いますもの。それこそ、即死した場合はいくらなんでも助かる事はできないと思いますの……」

そしてフランは上目遣いで少しだけ心配そうに俺を見ながらそんな事を言うではないか。

頭についたドリルも『ぎゅるん……ぎゅるん……』と心なしか元気がないように思える。

その姿が雷の日に不安げに鳴きながら俺の元へとやって来る、昔飼っていた犬のペスにそっくりで、真剣に俺の事を心配して話してくれるフランには悪いのだが、それはそれで可愛いと思ってしまう。

「ありがとう。確かにフランの言う通りいくら僕のスキルがあるからって過信するのはよくないよな。気をつけるよ」

「わ、分かればよろしいんですのよっ！　分かればっ‼　そ、そそそ、それではわたくしはフレイムさんに空を飛ぶ為のコツを教えてもらってきますわねっ‼　さぁ、フレイムさんっ！　行きますわよっ‼」

そして俺は思わずフランの頭を撫でつつ心配してくれた事を感謝すると、フランは顔を真っ赤にしながらドリルを『ギュルルルルルルッ‼』と回転させながらフレイムを連れて、フランの実家であるクヴィスト家の庭の少し先にあるプライベートビーチへと走っていく。

そして今俺がいるのはフランの実家の庭であり、最早フランと婚約してから幾度も訪れているので勝手知ったるなんとやらである。

俺が昨日釣ってきた魚をマリアンヌが危険な病原菌などを確認してから俺が捌くのだが、その時に鱗が飛び散るので庭の一角を借していただいているのである。

ちなみに生ゴミはちゃんと纏めて捨てられるようにしてあるし、血ぬきは釣った時にエラを切り海水に浸けて済ませており、ついでにその時同時に内臓も処理している。

そして前世の動画投稿サイトで釣った魚の内臓を餌にまた魚を釣っている動画を観たことがあるので真似してみたら案外釣れたので驚いた。

マナー的には微妙なのだが頂いた命を余すことなく使うという点と異世界であるという点からセーフと思いたい。

この方法で根魚を俺は釣っていたのだが大型の魚はフレイムにとってきてもらっている。

その方法はこれまたマナー的には微妙というか最早アウトなのだがフレイムの炎魔術を使って海中で爆発を起こして気絶した魚をストレージへ入れて保管してもらっている。

ちなみに釣り糸は魔術で強化した馬の尻尾の毛を使っている。

それにしても、フランと出会って約四年。

子供の四年間というのは大人と違ってかなり見た目に変化が表れ、出会った当初と比べて大分身長が伸びているのが見ただけで分かる。

前世で言うところの幼稚園の年長組または小学一年生が、小学四〜五年生になるのだから当たり前なのだが成長したのは身長だけでまだまだ子供といった感じである。

もう間もなくのうちに第二次成長期になると一気に大人びて来るのだろうが、フランは間違いなく帝国でも五本の指に入る美しい女性になるだろう事が現段階で分かるほどには整った顔立ちをしている。

その事からも家柄からも婚約者は選び放題であろうにもかかわらず、いまだに俺との婚約を解消しないので『もしかして俺はこのままフランと結婚するのだろうか』と考えるようになってきた。

それは同時に奴隷だけの組織を作りスローライフを送る計画を、当初俺一人だった所をフランとの二人に変更することも視野に入れなければならないという事である。

流石にフランを働かせる気もなければひもじい思いをさせたいとも思っていない。

俺だけであるのならば働かないで生きていけるのであれば少しくらいひもじくても我慢できるのだが、そうも言っていられなくなってきた。

「それで、ローレンス君も十歳なわけだが、挙式はいつにするかね？」

というのも俺がこうしてフランとのこれからについてここ最近よく考えるようになった最大の原因が、フランが俺の元から離れた時は決まってフランの父親であるダニエルさんが話しかけてくるからである。

別に話しかけてくるのはいいのだが、何故毎回フランとの挙式について直球でぶっ込んでくるのだろうか？　そもそも『それで』ってどれに対しての『それで』なのだろうか？

『まさかとは思うけれども、私の可愛い娘のフランとの婚約を破棄なんかしないよね？』からの『それで』としか思えないんですが？　ダニエルさん。

「そうですね、まだ僕は十歳なのでお互いもっと成長してから結婚しようかと思っております」

「なるほど。でも早い所だと十三歳前後で結婚する者もいるのだけれども、ローレンス君は一体何歳で結婚するつもりなのか、教えてはくれないかね？　なんなら私が結婚の日取りや挙式の場所を決めても良いが、どうだね？」

「いえ、それには及びません。そして挙式などの費用も半分は僕が責任を持ってお支払いいたします」

そしてダニエルさんはさらに攻めてくるのだが俺はあえて挙式の日にちなどには触れず、費用は半分負担する意思をちゃんと伝える。

そして半分払うと言った理由は『こちらも半分支払うので勝手に決めないでいただきたい』という意味もある。

ちなみに挙式にかかった費用を一方的に全額支払うと相手に失礼（貴族間での結婚の場合はそんな金額も払えない貧乏人という嫌味になる場合がある）になる場合がある為基本的には半額負担が常識ともされている。

「うーむ、それは残念だ。しかしながら婚約破棄をするつもりもなさそうだし、気長に待つとするかね」

そう言いながら毎回俺に挙式を迫ってくるのは何故でしょうか？　という言葉が喉元まで出かかったのだが、なんとか俺は阻止することができた。

「それにしたって君は同年代の他の子たちと比べるとかなり大人びているし、考え方も柔軟で私たちには想像すらできないような事を思いつく。貴族ではなくなったとしても既に娘を養って余りある財力は確保している、またはその算段ができているのであろう。君の兄上も神童と呼ばれ、そして今もなおその神童の勢いは衰えておらず『十で神童、十五で才子、二十歳過ぎればただの人』とはよく言う。そして君の兄上はまごう事なき神童であったと思えるほどの才の持ち主だと思うが、私の見立てが正しければ兄上よりも君の方が将来化ける匂いがするのだよ。やはり実の娘を嫁に出すには将来的にも心配いらない殿方のところに嫁がせたいという単なる男親の我儘――」

「あなたっ‼　またローレンス君に早く挙式しろと迫ってたんでしょうっ⁉　これ以上しつこいと娘にこの事を伝えますからねっ‼」

出かかった言葉を阻止することはできたのだが、ダニエルさんが俺の事をいかに買っているか説明し始めた時に現れたフランのお母さんに有無を言わさず首根っこを掴まれて

「うちの主人がすみませんね。後でしっかりと言い聞かせますから」という言葉とともに引きずられて行く事を俺は阻止できなかった。

ダニエルさんがこの後に妻からどんな事を言い聞かせられるのかはあまり考えたくはないのだが、強く生きてほしいとそう思う。

ただ、フォローするとすればフランとの事になるとちょっと暴走してしまうダニエルさんなのだが、それさえ無ければ優秀な方ではある。

きっと、それだけフランを愛しているという事でもあるのだろう。

そのフランはというと、今現在ドリルをギュルギュル回しながらフレイムの指導の下地面から三十センチほど浮いているのが見える。

うん、俺は何も見なかった事にしよう。

「あの、ご主人様……」

「どうしたの？」

そんな事を思っているとマリアンヌがモジモジしながら顔を少し赤らめ話しかけてくるではないか。

「わ、私も釣りというものをしてみたいのですが、ダメかしら？　や、やはり女性がそのような事を言うのは、はしたないかしら？」

「釣り？　良いけどマリアンヌが釣りしたいだなんて、なんだか意外だったからびっくりしたよ」

俺のイメージなのだが、確かにマリアンヌはお転婆な部分はあるもののそれは少女らしい活発さという意味であり男性が好みそうな趣味を楽しみそうという意味ではない。

なので、まさかマリアンヌから釣りがしたいと言われるとは思わなかった。

「はいっ！　今まででしたら間違いなく『そんなものは女性が、ましてや王妃がやるようなものではございません』と言われてやらせて貰えなかったものですから、せっかく今はそのやらせて貰えなかったものができる環境にいるのであればやってみたいと思いまして」

しかし、マリアンヌのこの言葉を聞いて俺はマリアンヌが釣りを体験してみたいと言った理由を理解することができた。確かにやっちゃダメだと言われたものほどやりたくなるものである。

その欲求がマリアンヌの好奇心と行動力に直結しているのだと思うと、普段のマリアンヌの少しお転婆が過ぎる所も納得である。

「うん、それじゃあ一緒に釣りをしようか」

「はいっ‼」

そして俺とマリアンヌは今朝俺が釣っていた岩場がある場所まで歩いて行く。

「ちなみにマリアンヌはそこらへんにわらわらしているカニか、ワサワサしている草履の形をした虫は触れたり針に刺したりできる？」

しかしこの釣りなのだが、基本的に男性が多い理由の一番の原因は間違いなく餌にあるだろう。

ゴカイやユムシ、ミミズなどもそうなのだが、現地調達の場合ワラジ虫なんかもある上に、現地で調達するということは当然生きているというわけで……。

「い、一応カニや虫は素早いから慣れるまでは貝を潰したやつを餌にして——」

「ご主人様っ‼　虫、捕まえましたっ‼　どのように針につければ良いのでしょうかっ⁉　お手本をお見せくださいましっ‼」

「ひぃっ⁉　……んんっ、マリアンヌ、この虫に限らず全ての虫の腹部分を他人の顔に向けて近づけるのはあまりよろしくないかと僕は思いますよ？」

「え？　でも可愛いと——」

「僕は、そう思いますっ」

「ご主人様、虫が苦手なので——」

「そ、そそそそそ、そんなわけがないでしょうっ‼　特にあのお腹側部分がグロテスクだとかは思ってないからねっ‼」

「ふふ、そういう事にしておいてあげますっ」

ふぅ、なんとかマリアンヌに俺が虫が苦手な事がバレずに済んだようである。これでご主人様としての威厳は守られただろう。

というか、さっきマリアンヌはあのフナムシを可愛いと言っていたような気がしたのだがきっと気のせいであろう。

女性であるマリアンヌがあのフナムシかワラジムシか素早く動くダンゴムシかグソクムシかよく分からない生き物を見て可愛いと言うはずがないではないか。

しかも俺の予想が正しければマリアンヌの精神年齢は中学生ぐらいであろう。そして中学生の女の子はフナムシを可愛いとは言わないという俺調べの結果が出ているのである。

おそらく気持ち悪い虫を摑んだマリアンヌの姿を見て少しパニックになったせいで本来であれば聞こえるはずのない幻聴が聞こえたのだろう。きっとそうに違いない。

「それじゃあ、最初は比較的に取りやすく扱いやすい貝を餌に釣りをしてみようか。二枚貝でも巻貝でもどっちでも良いんだけど、小ぶりなサイズを取って石で潰したら、針に刺して魚がいそうな場所に落としていくと……ほら、簡単に釣れますっ‼」

そしてフナムシではなくて貝を使った釣り方をレクチャーしながら魚を釣ってみせる。

釣れた魚はベラっぽい何かなのだが、この際釣れればなんでも良いし、むしろ初心者ならこういう簡単かつすぐに釣れる魚がいる方が楽しいだろう。

「わぁっ！　流石ご主人様っ‼　でも、私もご主人様に負けないように頑張りますっ‼」

マリアンヌは俺の釣り方を真似て、ぎこちないながらも針に餌をつけて海へと落とす。

「わわっ‼　ビビビッて引いてきますっ‼　ご主人様、どうしたら良いかしらっ⁉」

そしてベラがいるという事は他のベラも食いつくだろうなと思っていた通り、マリアンヌの落とした釣り餌にも直ぐに食いつくと、マリアンヌが持つ竹製の釣竿の先を大きくしならせる。

「落ち着いてマリアンヌ。一度釣り針を魚に突き刺すイメージで竿をしゃくり上げてからゆっくりと竿を真上に立ててみて下さい。そしたら魚が水面に上がって来ますので僕が網で掬いますね」

「わ、わかりましたっ‼」

そして、釣竿こそ竹製なのだが、リールまでは無く芋虫からとれる絹糸腺で作られたテグスを購入して竹竿の先端に結んだだけの簡易な作りである為、魚の当たりに合わせた後は（魚が餌を食べる時に針に食い付いた時を見計らって竿を立てて引っ掛ける）竿を立てて魚を水面へ持って来るように指示を出す。釣り上げたのは黒鯛（のような魚）であった。

「ご、ご主人様っ‼　私でも釣れましたっ‼」

うん。俺が今日釣ったどの魚よりも大きいし、ちゃんと処理すれば美味しい魚である。

おそらくこの黒鯛は今まで苦労を重ねてきたマリアンヌを不憫に思った神様からのプレゼントなのだろう。だから才能だとか技術とかではない別の要素が要因なのであって、俺がマリアンヌよりも下手であるということではない。

ビギナーズラックというヤツかもしれないしね。

そしてそんなこんなでこの後はマリアンヌもベラを十匹ほど釣ったところで釣りは終わる事にする。

マリアンヌ本人はまだまだ釣り足りないといった感じではあったのだが食べ切れない量を釣るのはダメだよと諭しながら帰路に就く。

釣れたベラと黒鯛なのだが、ベラは天ぷらに、黒鯛は塩焼きと、アラは一度焼いて出汁をとった後うどんでも作ろうと思う。

ちなみにこの日一日でフランは二メートルまで浮き上がることができたようではあるものの、どうやらその高さが限界らしく悔しがっており、その真剣な表情でドリルをギュルギュル回転させながら考え込んでいるフランを見ると大空を自由に飛べる日も近そうだと思ってしまう。

そんなこんなで夕焼け色に染まったクヴィスト家の庭でマリアンヌと一緒に釣った魚を捌き終え、厨房を貸していただきそのまま調理へと移る。

因みに今日クヴィスト家に来たのは勿論フランからの手紙で招待されたからというのもあるのだが、その手紙に『鰹節の試作品ができた』と書かれていたことが大きい。

これで、醤油、みりん、日本酒、昆布、鰹節が揃った訳である。

行かない訳がない。たとえ罠だとしても行く。

そして、貸していただいた厨房にはクヴィスト家の料理長と、削る前の鰹節が二本あった。

感動で震える手をどうにか抑えながら俺は鰹節を手に取り、その二本の鰹節を互いに打ちあわせてみると『カンカン』という甲高い音が厨房に鳴り響くではないか。

それもこれもマリアンヌと、フランのお父様ダニエルさんのおかげである。

そして俺は二人に感謝しながら鰹節を削り器で削っていく。

正直言って前世でも鰹節を削るということなど無かったので良く見る綺麗な鰹節とはいかず不恰好ではあるものの香りたつ匂いはまさに鰹節のそれである。

この鰹節独特の香り……。うんこの香りだっ‼　……間違えた。うん、この香りだっ‼

と、茶番はさておき匂いも完璧に鰹節であり、俺は思わず泣いてしまいそうになるのをグッと堪える。

でも、これでやっと本格的な日本食を作ることができるのだ。

そして数分間感動に浸った後、俺は削った鰹節を使って天ぷら用のつゆを作り始める。

材料はいたってシンプルに醤油、みりん、鰹節でとった出汁である。

天ぷら用のつゆができ上がると、厨房は懐かしい香りで満たされていた。

目を瞑ればそれこそここが異世界である事を忘れてしまいそうになる程である。

そして小皿によそい一口味見をしてみるとまさに天ぷら用のつゆのそれである。

うどんも作るつもりなので早く食べたくて仕方がないのに自分で作らなければ食べられないというジレンマに襲われる。

しかしながらここで手を抜いて天ぷらもどきになったりうどんが生煮えだったりしたらそれこそショックでどうにかなってしまいそうなので、はやる気持ちを抑えながら集中して一つ一つの作業をこなしていく。

「あの、このタネ……水を入れすぎのような気がするんですけど？」

そしてそんな俺の補佐としてキースの妹であるメアリーをつけているのだが、料理ができる分他の奴隷たちと違って天ぷらの衣用に作ったタネが水を入れすぎではないのかと指摘してくれる。

ここだけの話、他の女性陣に補佐してもらったら厨房が大惨事になりそうな未来が見えるというのは墓場まで持っていくつもりである。

そして、この世界でもイギリスのフィッシュ&チップスのような魚のフライ料理はあるので、メアリーは俺がそれを作ろうとしているのだと思っているようである。

ちなみにメアリーはマリアンヌの側仕（そばづか）えとしてウェストガフ家が雇っているのだが、釣りの時は俺たちから五メートルほど離れて見守ってくれているのを見て『それが普通の女の子の反応だよなぁ』と思った事はマリアンヌには秘密である。

「うん、これは普段食べている魚のフライではなくて天ぷらという料理だからこれで良いんだ。水の分量が違うだけで衣の食感も魚の味も全くの別物になるから食べる時はその違いも楽しんでみたらいいよ」

「はえー……そうなんですね」

そしてメアリーは『ふむふむ』と言いながらメモをとる。

そうこうしている間に寸胴に入れた水が沸き始めたのでうどんを投入する。

うどんに関してはクヴィスト家に着く前日から作っておいて布に包んで寝かしていた生地があった。俺が鰹節を使ってつゆを作っている間メアリーに生地を伸ばし、小指よりも少し細い間隔で切ってもらっていたものを沸き始めたお湯の中へと投入する。

後は十五分ほど茹でて冷水にさらすだけなので、そのための砂時計と魔術で作った氷水、そしてザルを渡しておく。

そして俺はその間にマリアンヌと釣ったベラに天ぷら用のタネをつけてごま油で揚げていく。

ちなみにベラなのだが尻尾を残した状態で背開きにし、中骨と腹骨を取り除いたものである。

それを、尻尾で繋がった二枚の身がくっつかないように開いた状態で揚げ始めると魚が揚げられた匂いとごま油の匂いが香ってきて食欲を刺激してくるではないか。

でもここは鋼の意志で我慢である。

そして、ついでに野菜もかき揚げにしていき、揚がっていくベラと野菜のかき揚げを見て俺は何度目かになる日本を感じて懐かしく思う。

「で、できた……っ‼」

揚げ続ける事数十分、ついに全てを揚げ終え、うどんも既に茹で終えており、人数分に分けてある状態で後は食卓に並べて食べるだけとなった。

あぁ、やっとだ。やっと食べる事ができる。

どれだけつまみ食いしてやろうかと思った事か。

つまみ食いをしてしまうと最初の一口の感動が薄れてしまうので耐えに耐え抜いたので、我慢した分感動もひとしおだろう。

そして天ぷらとかき揚げ、ザルうどんを人数分配膳し終えたのを確認して俺は席に着く。

ちなみに晩御飯の席にはフランの両親も揃っており、天ぷらやかき揚げ、ザルうどんを物珍しそうに眺めており、早く食べたそうにソワソワしている姿が見える。

「では、全員分揃ったみたいなので食べましょうか。天ぷらもかき揚げもうどんも全部この黒いスープにつけて食べてください。天ぷらに関しては塩も美味しいですので、各々自分好みの食べ方で食べてください。また、お好みで刻んだネギやごま、おろし生姜や一味を入れても美味しいですよ。それでは、いただきます」

そして俺がそう説明して、フランの父親であるダニエルさんが食べ始めたのを見届けてから俺たちも食べ始める。

まず食べるのは当然ベラの天ぷらからだ。

ベラの天ぷらを箸でつまみ、つゆにつけて食べる。

すると、口に入れた瞬間『サクッ』という音とともにベラの持つ旨味が鰹節の風味と共に一気に口の中に広がっていき、そして香りとなって鼻から抜け出していく。

「うんっ、おいし――」

そして俺が一口天ぷらを食べて、その美味しさに自画自賛しつつ舌鼓を打とうとしたその時、俺の隣で食べていたフランが天ぷらの感想をどこぞの料理漫画ばりにテンション高めで語り始めるではないか。

「美味しいですわぁっ!?　いつも食べている魚のフライとは衣の食感も味も違いますし、魚もふわっふわでまったくの別物ですわぁっ!!　それにこのソースもこの『天ぷら』という食べ物に合っており、今まで食べてきたどの料理よりも美味しいですわねっ!!　それこそ毎日これでも良いですわっ!!」

気持ちは分かるが毎日は流石にきついのでは、と思うのだが俺も小学生の頃は好きな食べ物をお腹いっぱい食べてみたいと思ったものである。

そして実際一人暮らししてから毎日好きなものだけ食べてみて分かったことは、あの量だから美味しいのであって限度を超えた量やサイクルで食べると逆に一生見たくもないって思ってしまうくらいに身体が受け付けなくなるので何事もほどほどが一番であるという事だった。

しかしながらそれを言ったところで失敗しないとこの事は分からないだろうし、今のフランの感じを見るに間違いなく明日から毎日食べるであろうから俺が言うより自身で体験してもらおう。

「『天ぷら』もそうなのだが『ザルうどん』というのもかなり美味いな……そしてソースだけも良いのだがそこに薬味を入れると、さっぱりとした生姜にシャキシャキとしたネギ、鼻から香る胡麻の風味がより一層この『ザルうどん』のレベルを上げてくれる。それにくどくなくさっぱりしている為胃もたれを気にする必要もなさそうだ。若者は少し物足りないだろうが、その場合は天ぷらと一緒に食べても良いだろう。まさに完璧な食べ物と言えるっ!!」

そして、フランのあのムーブは父親譲りだったのかと、ザルうどんを食べて熱く語り始めるダニエルさんを見て思う。

ちなみに奥さんであるリーシャさんはかき揚げにハマっているみたいなのだが二人みたいに芝居がかったような表現はしていない。していないのだがかき揚げをこんもりとお皿に盛っているのが見えるので相当気に入ったのであろう。

メアリーにいたってはまるで審査員かの如く真剣な表情で一口食べてはメモをしており、料理が趣味というだけの事はある。

きっとウェストガフ家に仕える前は兄のために料理を作ったりしていたのだろう。そして作っていくうちに趣味となったパターンである事がなんとなく窺えてくる。

そしてキースとマリアンヌは綺麗に、そしてゆっくりと食べており、逆にフレイムの一口は大きく、ダ○ソンもビックリな吸引力で一気に食べ進めて行くのが見える。

現役の冒険者は違うなと、むしろその食いっぷりが頼もしく、そして流石ドラゴノイドだなと思ってしまう。

ちなみにキースは『ご主人様と一緒の席で食事をいただくのは恐れ多いです。私は後で食べますから』とかほざくので『みんなで食べた方が美味いし、一人だけ一緒に食べられないと思うと気になって美味しい料理も不味くなるから』と半ば強引に食べるよう説得した。

あと、マリアンヌは普段から一口が小さく小動物を彷彿とさせるような食べ方（可愛い。スマホがあれば動画を撮りまくっているレベルで可愛い）をしており、あれでもいつもより早く食べている方である（これはこれで一生懸命食べている姿が可愛い）。

そんなこんなで全員今日の料理には満足してくれたみたいでほっと胸を撫でおろして晩御飯を食べ終わるのだが、食べ終わったと同時にダニエルさんと今日の料理のレシピについての取引を進めて行く。

内容としてはダニエルさんの領地や経営している店でも広めたいみたいであり、お金を払うから使わせて欲しいとの事である。

最初は俺とダニエルさんとの仲でもあるので金銭はいただけないと言ったのだが『親しき仲だからこそこういう場面はいい加減になりやすい。しっかりすべきところはしっかりするべきだ』と言われてしまっては受け取らざるをえなかった。こちらが折れて金銭をいただくのだが、その金額は新築の家が一軒建てられるくらいの金額で、思わずダニエルさんへ視線を向けると『これでも少ない程だし、この程度の金額ならばすぐに回収できるだろう』との事である。

話を聞くとこのてのレシピの料理を帝都に出している貴族向けの飲食店で提供するのだそうだ。

魚介類を使った天ぷらは無理でも野菜だけでも十分美味しい上にうどんもあり、原価も他の料理と比べて安いにもかかわらずここでしか食べられない料理という希少性で売値が多少高くても売れるだろうと話してくれる。

そしてレシピを教える者には外に漏れないように他言無用の制約をするようである。

こういう部分は前世よりも便利だなと思う。

しかしながらクヴィスト家がオーナーの飲食店というのも気になるので後日帝都に行った時にでも寄ってみようと思う。

それから俺とダニエルさんとで細かい部分を調整していく。

一番神経を使ったところは取り分の割合である。

俺は既に使用の許可として代金を頂いている上に、次回からも使いたい料理があればその都度使用料を貰って認可する話にはなったのだが、どうしてそこから更に売上を俺とダニエルさんで分けるのかが理解できなかった。

その事を素直に聞いてみると『使用許可は使用許可、売上は売上』という事である。要は取れるところで取らないでどうすると言いたいようだ。

金銭のやり取りが貴族の戦いでもあり、こういうところできっちりと隅々まで確認してから契約しないと後から足を掬われてしまう可能性があるとも教えてもらう。

例えば、使用許可の料金だけ貰ったら後は好きにして良いと言って契約した後大ヒットしたりした場合は必ず揉め事になるのだという。

また、別の方法では月額制にする事もあるらしく『いかに長期にわたって搾り取る口実を見つけるか』が重要なのだそうだ。

そして関係を壊したくない相手とこそしっかりと、後で問題が起こらないように契約を結んでおくべきであるとも教えてもらう。

その結果、使用許可の料金は今日頂いた金額とし、そして売上から俺が貰える金額は売上の十パーセントという事で契約を結ぶ事ができた。

なんだかんだで為になった時間であったと言えよう。

それと、終わり間際(まぎわ)ダニエルさんから『フランの旦那さんになる男なのだから、これからは自分の損はそのままフランや奴隷たちの損にもなる事を考えて行動しなさい。その考えがあれば今日みたいに使用許可の料金だけ貰って終わりという事はしないだろう』と言われてハッとしてしまう。

まさに俺にとっての金言とも言える言葉に俺はダニエルさんに何度も感謝して話し合いは終わった。

そして、これで俺は今日不労所得を得たという事で、それは言い換えれば俺の夢であるスローライフも夢じゃなくなってきているという事でもある。

もうダニエルさんに足を向けて寝られないではないか。

そして俺は決意を新たに今日を終えるのであった。

◆

翌日俺はいやに寝苦しく感じ、目が覚めてしまう。

すると、隣に柔らかな感触があり甘い匂いが香ってくる。

いやな予感と大量の冷や汗をかきながら横になった状態で隣を見ると、ドリルをといた寝巻き姿のフランが俺の腕に抱きつきながら静かに寝息をたて、幸せそうに眠っているではないか。

そんな、幸せそうに眠るフランにしがみ付かれている腕を彼女を起こさないように優しく解き、俺はベッドから抜け出すことに成功する。

ただ一言言える事は、フランは十歳にしては発育が良かった、という事である。

しかしながらやはりそこはまだ十歳。

見た目に関してはどう足掻いても子供であるため欲情するなどという事はないのが唯一の救いだったと言えよう。

それでも後五、六年経った時に同じ事をされたら少しばかりやばいかもしれないな、と思う。

そんな事を思いながらカーテンをひらいて窓を開けると、今日もいい天気で、窓から入ってくる風には微かに潮の香りがする。

実家や前世とは違う朝の空気を堪能しつつ俺は日課である鍛錬をしに行こうとタオルを手に取り廊下へと出る。

「おはようローレンス君。昨夜はよく寝られたかね？」

「お、おはようございます。クヴィスト伯爵様」

そして扉を開けたとき、ダニエルさんが満面の笑みで立っていた。

その目は『逃がさないよ』と語っており、俺は何がきっかけで地雷を踏み抜いてしまうのか分からないため慎重に、失礼のないよう爵位名で挨拶を返す。

こちらは公爵家といえども俺自身はまだまだ十歳の子供で、さらに次男であるため相手を敬う事でデメリットはないだろう。

「おや？　どうしたのかね、ローレンス君。今日はやけに他人行儀じゃないか。おじさんは寂しいなぁ。いつものように『ダニエルさん』と呼んでくれてもいいのだよ？　そう、家族のようにね」

そしてダニエルさんは満面の笑みで答えるのだが、その笑顔がとてつもなく怖い。

「それとも何かね？　私の娘と一夜を共にして他人行儀な態度を取るということは、私の娘とは遊びだったという事かね？」

「ち、違いますっ‼　フランさんとは真剣に婚約者としてお付き合いをさせていただいております‼」

そもそも俺は確かに眠る時には部屋の鍵を閉めて寝ていたはずであるにもかかわらず、なんでフランが俺の隣で眠っていたのか。

それはおそらくダニエルさんとフランが裏で結託して俺に罠を張ったからであろう。

「あぁ、一応勘違いしては困るので娘のために弁明させてもらうのだが、娘から『どうすればローレンス様と一緒になれるのでしょうか？　私は一日でも早く一緒になりたいですわっ』と聞かれたからね。なので『今日ローレンス君と同じ布団で寝れば良いよ。ローレンス君が泊まっている部屋の鍵は持っているからね。後はお父さんに任せなさい』と返して娘のために父親である私がひと肌脱いだという流れでこうなったのであって娘からローレンス君と一緒に寝たいと言い出した訳ではないからね？　そこは勘違いしてはダメだよ？　娘は昨夜お父さんと一緒に寝たい気持ちを我慢してローレンス君と同じ布団で寝たのであって、そこを勘違いしてしまうとローレンス君が恥ずかしい思いをしてしまうからね」

「わ、わかりました……」

「はっはっはっ！　でも君は二番目だからそう落ち込む事はないよっ‼　ただ、父親である私が一番であるというだけで、ローレンス君は二番目なのだからねっ‼」

なんだろう？　なんで俺は今ダニエルさんからフランがどちらの布団で寝たいかというマウントを取られているのだろうか？　しかもまだ朝露が乾かぬ朝一番にである。

そんな事を思っていると、フランが起きたらしく俺の隣に来てくっついてくる。

「おはようございますわ、ローレンス様、お父様。騒がしいので起きてしまいました。そして、もちろん私はお父様よりもローレンス様と一緒に寝たいですわ。ローレンス様が一番でお父様は二番目ですわっ‼」

「そんな馬鹿なっ⁉」

そしてフランは開口一番ダニエルさんに即死級の言葉を直球でぶち当ててしまう。

「はいはい、うちの主人が御免なさいね、ローレンス君。主人には後でしっっっっかりと言い聞かせておきますので許してあげてくれるかしら？」

そして床にへたり込み、滝のような涙を流し始めるダニエルさんを、いつからそこにいたのか奥さんであるリーシャさんがその首根っこを摑んで引き摺りながら消えていく。

その光景を見て、やはりリーシャさんには逆らわないでおこうと強く思うのであった。

◆

「やぁ、先程は失礼したね」

「いえ、大丈夫です」

そして鍛錬を終えて朝食を取るためにダイニングへと向かうと既にテーブルの席につい

ているダニエルさんから謝罪を受ける。

しかし、表情こそいつものダニエルさんに見えるのだが、感じ取れるオーラはいつものできる男性というオーラではなくて雨の中打ち捨てられた子犬のように思えるのは気のせいだろうか？

心なしかリーシャさんに怯えているようにも見え、一体何を言われたのか気になるのだが、それは決して開けてはならぬパンドラの箱であることは理解しているためグッと好奇心を抑える。

「それでローレンス君、今日はどんな事をする予定なのかね？」

「はい、今日はちょっと奴隷のみんなとこの領地の探索をしようかと思っております。何回か訪れているのですがそれでも全てを回れているわけではございませんので」

「それでは私が――」

「それならわたくしが案内して差し上げますわっ‼」

「そうかそうか。ならお父さんも一緒について――」

「お父様は久しぶりの休日ですからお母様と一緒にゆっくりして良いですわよっ‼」

「あ、あぁ……分かったよフラン。ありがとう……」

「あら、あなたは私と一緒に休日を過ごすのは嫌なのかしら？」

「そ、そんな事はないぞっ⁉」

「あら嬉(うれ)しいわ。なら次からも休日は一緒に過ごしましょうか。まだまだ話し足りないと思っていたのよ」

　正直に言うと今日はここの領地にあるダンジョンでしかできない事を色々とやりたかったのだが、せっかくだからフランに案内してもらう事にする。

　ちなみにダンジョンをクリアするとスキル削除のアイテムと付与のアイテムがもらえるので今日一日使って周回し、ついでに奴隷たちのレベル上げもしておこうと思っていたのだが、別に今すぐにでもそれをしなければならないような切迫した事情もないので後回しでいいだろう。

　そしてレベル上げなのだが、少なくともスキルには今までの経験からもレベルがあるのは間違いない。魔物を倒す事で身体能力が上昇するかは分からないが、経験を積むという点については有効であろうと俺は思っている。

　そんなこんなで心なしか泣きそうな雰囲気のダニエルさんと奥さんであるリーシャさんに見送られながら俺たちはフランと共に出発する。

　ちなみに今から行く場所は馬車で二時間ほど北へ行った山の麓、川沿いにあるクヴィスト家の管理している領地内で三番目に大きな町である。

今までは海沿いを基本的に観光していたので北側の町は初めてである。

そして馬車を走らせて一時間ほど経つと周囲の雰囲気も変わっていき、目的地である町までくると海沿いの風景とはまた違った光景が広がっていた。

海沿いと違って暴風除(よ)けの植林や背の高い岩垣が無いというだけでもだいぶ印象は違ってくるのだが、海の潮の匂いから山と川の澄んだ匂いへと町の香りも嗅ぎ分けられるほどまでに変わっているのは少しばかり面白いと思ったりする。

当然名物料理もガラッと変わってくる。

海辺の町では珍味系の乾物や新鮮な海産物が多かったのだが、ここでは川魚の塩焼きや小魚の塩漬けなどはあるものの、その他は野菜や山菜、獣肉を干した物に漢方薬などが中心に売られており、定食屋が立ち並ぶ通りでもそのような物を使った店が多い事が馬車の中から見てもわかる。

それでも魚の干物などは俺の領地よりも格安に提供されているあたりは海辺付近の町といったところであろう。

そして、この町でフランは何を俺たちに紹介してくれるのだろうかと少しだけワクワクしてくる。

「さぁ、着きましたわっ‼」

そう声高らかに叫び、目的地に着いた事をフランが告げる。

「この町はクヴィスト家の管理する領地の中心街や海辺の町とはまた違った味付けの食べ物が多いのでローレンス様にも喜んでもらえると思っておりますわっ‼」

そう言うフランは実に誇らしげであり、ここの領地が本当に好きなんだという事が伝わってくる。

そしてフランの案内のもと町を散策していくのだが、外に出て歩いてみると屋台が意外と多い事に気が付く。

これならば様々な食べ物を少しずつ買って食べ歩きができ、だからこそフランはそれ込みでこの町を選んだというのもあるのだろう。

とりあえずぱっと見の感じ水で溶いた粉物を薄く広げて焼いて好みの具材を包んで食べるクレープのようなものから鶏肉や獣の肉を鉄板で焼いたものや油で揚げたものが売られており、そのどれもが美味しそうな匂いを漂わせている。

獣の肉に関しては獣特有の臭みなどが気になる所なのだが、たとえ獣臭さがあったとしてもこうして屋台で提供できる程度の臭みであろう。

後は魚醬のような何かと現地の調味料で下味をつけ、鉄板の上で調理されたものもある。

魚醤とソース、そして肉が焼ける香りというのもまた食欲がそそられるのと同時にこれならば獣臭さも気にならないのかもしれない。

ちなみにフラン曰くここら辺に出している屋台は全て屋台の後ろにある定食屋が経営しているらしく、無許可に屋台を出して問題になるケースも多いのだと言う。

それらの問題をフランの父親であるダニエルさん、又はダニエルさんの部下が毎回解決しているというのだから意外であった。

そして、領主の目が行き届いているからこそ治安も良く、こうしてフランが日の下を堂々と歩ける程には安全な町なのだろう。

「それで、ローレンス様っ！　ここの野菜炒めが美味しいんですのっ‼　あと、あそこのも美味しいですし、あっちの店も美味しいですわっ‼」

それと、この町を見るとダニエルさんが俺のレシピにあそこまで価値を見出してくれたり、帝都でレストランを経営している理由がなんとなく分かるような気がしてくるだけでなく、間違いなくダニエルさんの代だけではなくクヴィスト家が昔から食文化を大切にしてきたのだというのが窺えて来る。

「では、せっかくなんでフランのおすすめを買って行きましょうか。量が多いものは一人分だけ買って後で人数分に分けて食べましょう」

そして俺はフランがおすすめであるという屋台の料理を人数分（量が多いものは一人前だけ）購入して河原に持ち寄るとキースがどこからともなくテーブルと椅子を設置した後に人数分の取り皿を出して買った野菜炒めなどを取り分けていく。

なんだろうか？　みるみるキースがセバス化していっているのだが、とりあえずどうやってテーブルと椅子を出したのか興味があるので教えてほしい。

セバスもキースも『これぱかりはローレンス様と言えども教えられません』と言って教えてくれないのだ。

そしてキースはそのままの勢いで冷えた緑茶をコップに注ぎ始める。それも当然のように人数分である。

ぶっちゃけこの芸があれば従者じゃなくても手品師として食っていけるのではなかろうか？　と本気で思えてしまうほどには見惚（みと）れる手際（てぎわ）である。

ちなみにフレイムとマリアンヌはそんなキースを見て自分も何か俺の役に立ちたいのかソワソワと手持ち無沙汰にしていたのだが、その珍しい姿が可愛（かわい）らしく思えたというのは黙っておこう。

ちなみにキースの妹のメアリーはマリアンヌの側仕（そばづか）えとしてのウェストガフ家で修業の真っ最中なのでまだまだ兄の様にはいかないようである。

まぁ、遊び盛りの年頃なので兄のキースと比べれば集中力が持続する時間も短く、勤務時間も今の所半日程度なので、後のない状態で妹の事もある上に一日でも早く一人前になりたいとセバスさんに直談判(じかだんぱん)した為(ため)一日中従者としての生活を強い(し)られている兄と比べられるのも酷というものだろう。

とりあえずメアリーに関してはマリアンヌの遊び相手兼話し相手として良き友人になってくれればそれで良いと思っている。

そして全ての準備が整い、全員が席につき料理も配膳された事を見て俺は早速目の前の料理を食べ始める。

「では、食べましょうか。いただきます」

とりあえず気になっているのは何かの肉の串焼きである。

メジャーな食べ慣れている肉なのか、それともマイナーな肉であるのか、マイナーな肉であれば何の肉なのか想像を膨らませながら、まるで気分だけは美食家気取りで一口食べてみる。

すると今までに、前世ですら食べた事のない肉の味が口中に広がり、そして美味(うま)い。思わず『う・ま・い・ぞぉぉぉおおおおっ‼』と叫んでしまいそうになるくらいには美味い。

とりあえず俺のボキャブラリーではうまくこの美味しさを表現する事ができないのがも

どかしい。

なんだろう？　フルーツばかり食べた穴熊は肉の中で一番美味しいとかいう話を聞いた事があるので多分それだと思う。知らないけど。

うん、多分この肉の獣もフルーツばかり食べていたに違いない。そもそも穴熊を食べた事などないのだが、そんな細かい事はどうでも良いのだ。とにかくそれくらい美味しいという事が伝われば良い。

そして何かの肉の串焼きを食べ終え、次はお皿に取り分けられた野菜炒めを取るのだが、食べる前から美味いと分かるほどにいい香りを漂わせて俺の食欲をそそる。

そして、野菜炒めも俺の期待を裏切る事なく当然のように美味しいではないか。

この野菜炒めにしても食べた事のない味なので、どう表現すれば良いのか分からないのだが、とりあえず東南アジアに行ったら食べられそうな味付けの野菜炒めと言えば伝わるだろうか。俺、前世では東南アジアどころか日本から出た事すらないのだけど、そこを指摘するのは野暮ってもんだ。

心と心で通じ合えばそれで良いのである。食べた事があるだとか行った事があるだとかは心で通じ合う事ができない奴（やつ）が使う最後の手段でしかない。

「なるほど……海沿いの町や村とはまた違った美味しさがありますね」

そしてフレイムも俺と同様に満足そうな感想を述べるので見てみると、両手一杯に料理を抱えて貪り食っているではないか。

どうやらお小遣いを使って追加の分を購入していたようである。

言ってくれれば俺が代わりに出したのにと言うと『これは私の趣味みたいなものですから。それにご主人様に支払わせたとなると申し訳なさで料理の味が感じられなくなってしまいそうなので、大変ありがたいお申し出なのですが遠慮させてくださいっ』と言われれば折れるしかないだろう。

それにフレイムの言わんとしている事もなんとなく理解はできるしな。

しかし、それにしてもよくそんな量を食えるなと思えるほど惚れ惚れする食いっぷりである。その細い身体のどこに入っているのやら。流石現役冒険者というところか。

ちなみに料理に関してはフレイムだけではなく全員からも好評で、フレイムがわざわざ勧めてくる理由も分かるほどには美味しかったし、大満足と言えよう。

そして同じ国でも場所が違えばこうも料理の味が変わるのかと、ある意味その事を知れたのは大きな収穫だった。

これからスローライフ生活が盤石となった時にはフランと一緒に帝国中の、可能であれば他国も含めてその土地土地の郷土料理を観光がてら食べて回るというのもアリだな、と将来やりたい事の項目に新たにグルメ旅行を追加するのであった。

六章・暗躍する奴隷たち

――フレイム side――


数時間前までは元気よく鳴いていた虫たちも眠る深夜。

今私たちはご主人様の婚約者様であるフラン様のクヴィスト家が運営している領地に来ていた。

「いよいよですね……」

「ええ、そうですね。これでやっと俺たちはご主人様の為に、本当の意味で働く事ができるのですね……っ」

「今まで誰かの役に立つという事が無かったので、物凄(ものすご)くワクワクいたしますねっ‼　ご主人様の喜ぶ顔と驚く顔を想像すると特に……っ」

私がそう言うと、キースとマリアンヌが答えてくれる。

そしてキースの言う通り私たちはようやっとご主人様の役に立つ事ができるのである。

そもそもご主人様は奴隷を購入する必要性があまりない上に、購入する奴隷も欠損があったり死にかけているような奴隷ではなく、他にもっと良い奴隷を選べるにもかかわらず私たちを敢えて選んでくれてその命を救っただけでなく、破滅しかない運命を捻じ曲げてくれたのである。

その返しきれない程の恩を頂いておきながら今まではその恩を返す事ができず、ずっとモヤモヤとした感情を心の隅に抱きながら過ごしてきたのである。

このモヤモヤを、今日やっと晴らす事ができるという事で私たちはいつも以上に興奮してしまうのは仕方のない事であろう。

そして、今回私たちがご主人様の為に行う事。それはご主人様の婚約者であるフラン様のクヴィスト家が運営している領地に蔓延っている裏組織を討伐するというものである。

「それでは、各々は今までの作戦会議で立ててきた通りの行動を、そしてヤバいと思ったら作戦が失敗しても良いので撤退する事を第一に考え開始いたしましょうか……っ！」

「ええ、分かりましたっ‼」

「今の俺たちがどの程度通用するのか、早く暴れたくてうずうずしますねぇ……っ‼」

「それでは、今日この日よりローレンス様の伝説を作りましょうっ!!」

そして、各々事前に立てていた作戦の通り、各個撃破へ向けて音もなくこの場から消えるのであった。

——マリアンヌside——

私は今まで次期国王の妃となるべくして育ってきた。

それは今思えば息が詰まるような生活ではあったのだが、当時の私はその事に気付きもしていなかった。

それがどれ程異質な環境であるのかなど外の世界に出なければ分からないのだけれども、そもそも外に出る事すらできず、外の世界へ出られるとすら思っていなかったし、それすら疑問にも思わなかった。

あの頃の私は城と実家の敷地内が世界の全てであった。

そんな私がまさか奴隷として売り飛ばされた結果ローレンス様というご主人様に拾われ、奴隷であるにもかかわらず以前より遥かに自由に生活できるようになるだなんて誰が想像できたであろうか。

そもそも王国側は私のスキルを『呪われたスキル』だと言って私を幽閉した上に最終的に素性がバレない様に熱した油を私の顔にかけて奴隷に落とし、逆にご主人様は私のスキルを『生活を豊かにする最高のスキル』だと舞い上がって喜んでくれるだけではなく、顔の火傷まで治してくれたのである。

王国にははっきり言って未練もなければ恩も何もなく、逆にご主人様には返しきれない恩を感じている。

だからこそ、今回の作戦内容を聞いて私は王国に対して怒りの感情こそあれど『王国にも情けをかけてやろう』などとは少しも思わなかった。

そんな事を思えてしまう今回私たちが初めて討伐する対象になった裏組織とは、王国から海路で帝国へと依存性が高く一度使ってしまうと日常生活を過ごす事ができなくなるほどにまで人を壊してしまうような薬を流している組織であった。

むしろこれは私にとって間接的に王国へと復讐できるという事でもある。

そう思うと私は俄然やる気がでて来て『ふんすっ』と鼻息も少しばかり荒くなる。

「えっと、ここですね……ごきげんよう……っ！」

そんな事を思いながら私は作戦会議で事前に決められていた襲撃する場所へと到着すると、路地裏にある扉を三回ノックした後声をかける。

「あ？　お前さん何者だ？　…………ふむふむ、レースで顔は見えないがなかなかの上玉じゃねぇか。どこの建物と間違って来たのかは知らねぇが、間違ってここに来たのなら運の尽きだな。なぁに、別に嫌な事をしようってんじゃあねぇんだ。俺たちと気持ちいい事をしようってだけだからなぁっ！」

　するとノックをした鉄製の扉が開いて中から屈強な、いかにも悪い事をしていますといった風貌の男性が出てくるではないか。

　どうやって調べたのかは知らないのだがセバスさん直伝だというキースの諜報力は凄いと、この男性を見て思う。

　そしてその屈強な男性は私の身体を（顔は、万が一身バレを防ぐ為に白いレースで隠している）ねっとりと眺めた後にゴミクズらしい下衆な言葉を投げかけてくる。

「何バカな事を言っているのでしょうか？　この私が？　私のご主人様相手ならばいざ知らずなぜ貴方たちの性欲を満たす玩具にならなければいけないのでしょうか？　そもそも貴方たちが私をどうにかできると思っているのならば片腹痛いですね……」

　そう言うと私はニッコリと微笑みを返す。

　その私の反応に件の男性はその真っ赤に染まり始めた顔色から見ても怒っている事が窺えてくる。

こんな小娘一人の言葉にさえ怒りの感情をコントロールできない時点でこの者の実力などたかが知れているだろう。

逆に私であればこんなむさくるしい筋肉だるまからどんな言葉を投げかけられたとしても冷静さを失わずに飄々と返してあげる自信がある。

「あ？　ご主人様だ？　お前……、奴隷なのか？　まさかお前のご主人様も迷子などという初歩的な間違いをしてしまうなんて夢にも思ってなかっただろうな。お前も馬鹿だがこれはお前のご主人様も馬鹿だなっ！」

「はて？　今なんておっしゃいましたか？　まさか私のご主人様の事を馬鹿にしてないですよねぇ……？　殺されたいのでしょうか？　殺されたいのですね？　殺しますよ？」

「お前ごときがこの俺をどうやって殺すだって？　もう二度とそんなふざけた事を言えないように調教する必要があるようだ……な……？」

自分の事であるのならばまだしも、私のご主人様を馬鹿にされたら流石の私も我慢できないのは仕方ないだろう。

そもそもこの者たちが帝国へと流している薬は多くの人間の人生をめちゃくちゃにしている為殺されても文句はないはずだ。

「い、一体何をした……っ!?」

そして私の攻撃を受けたこの男性は既に立っているのも難しいのか壁にもたれかかりながら私に聞いてくる。

　私が何かをしたと判断できるあたり、この者はやり手だったのかもしれないが、残念ながらもう間に合わないだろう。

「何って、私のスキルを使って作った強力な毒素を塗った小さな針を風魔術で貴方の身体へ、何か所か刺しただけですが？　それと、今回使った毒素ですが一グラムで一千万人もの命を奪う事ができるそうですよ」

　そう言うと私はニッコリと微笑む。

　効果が出るまでは少し時間がかかるとは思っていたのだが、針にべっとりとつけて神経付近へ何か所も刺したからか、口からの摂取では早くても八時間は効果が表れるのに対して意外と早く症状が現れてホッとする。

「た、助けてくれ……っ！」

「なぜでしょう？　貴方は私に危害を加えようとしていたのは明らかであり、私の人生など貴方の欲望を満たす為ならばどうでも良いと思っている……そのような殿方をどうして私が助けなければならないのでしょうか？　それに、躊躇(ためら)いもせずするでそれが当たり前であるかのような対応からしても、普段から自分の欲望を満たすために何人もの女性を食い物にしてきたのでしょう？　どうしてそれが自分の番に回った時に助けてもらえるだなんて思えるのか、私には理解できませんししたくもありませんね。そもそも貴方たちが王国から密輸している薬でどれ程の人々が人生を壊されたと思っているのですか？　助ける理由がありません」

そして私は立つ事すらできずに地面へと倒れる男性を無視してそのまま奥へと歩んで行くのであった。

——フレイム side——

他のみんなは大丈夫でしょうか……？

私は一応冒険者業をやっているので、戦闘には慣れているのだが、マリアンヌはこれが初めての実戦である為上手く立ち回っているのか心配になってくる。

「おう、誰だお前？」

そんな事を思いながら私は空から敵のアジトの本拠地、中心部へと降り立つ。

地上からだと何か所もバリケードが施されており、用心棒が何人もうろついている為今回本拠地を叩く役目は私が担う事となったのだが、まさかここまで簡単に侵入できた事に驚きである。

いくら空から襲撃したとはいえ危機感が無さ過ぎるとしか言いようがない。

それだけ慢心していたのか、単なる馬鹿なのか、その両方なのか。

どちらにせよ手間が省けたので私としては有り難(がた)いかぎりである。

そんな、敷地内中心部へと降り立った私を二人組の男性が出迎えてくれたようで、そのうちの一人が声をかけてくる。

いくら慢心していたとしても、腐ってもかなり大規模の裏組織である。

流石(さすが)に私が降り立つ前に侵入者には気付いていたらしい。

「私は貴方たち組織を潰しに来た者です」

無視して潰しても良かったのだけれども、それだと何だか挨拶すらできないマナーの悪い奴隷だと思われかねないので、私も律儀(りちぎ)に聞かれた事を答えてあげる事にする。

奴隷の評価はそのままご主人様の評価に繋がる為、たとえ今から潰す者が相手だとしても、一瞬たりとも私のご主人様であるローレンス様が無礼と思われるのは耐えられない。

そして私がせっかく答えてあげたにもかかわらず件の男性二人は顔を見合わせて笑い始めるではないか。

「何がそんなにおかしいのでしょうか？」

その態度が私のご主人様であるローレンス様を馬鹿にしているように見えて来て問答無用で潰してやろうかとも思ったのだけれども、まずは笑っている理由を聞いてからだと思いとどまる。

「何がって、まさか嬢ちゃん一人で俺たち組織を潰そうなどと思っていねぇよなぁ？」

「帝国ですら俺たちの武力に怖気づいてなかなか手を出せないというのにようっ！」

「お言葉ですけど私一人ではないですね。私含めて三人ですので、貴方方組織があるここ本部と支部二つは今日でお終いということです」

私がそう言うと、男性たちは『ヒィヒィ』と過呼吸になるほど笑い始めるではないか。

確かに、普通に考えてたった三人で帝国内でも屈指の裏組織を潰そうとしていると言われればその無鉄砲さに笑ってしまうのも理解はできる。

しかしながらそれにしても笑い過ぎだろう。

「ぎゃはははっ‼　おいっ！　聞いたかよっ‼」

「聞いた聞いたっ！　コイツ、たった三人で俺たち組織を潰すと言いやがったぜっ！　しかもあの目は本気で潰せると思ってギョフゥっ⁉」

なので私は右拳を握りしめ、思いっきりそのうちの一人の頬へとそれをめり込ませてやった。

たったそれだけで私に殴られた男性は一回転、二回転、三回転と、まるで水きりの石のように転がりながら吹き飛んでいく。

「ちゃんと言わないと分からないのですか？　貴方たちがいる組織など私たち三人で潰せると判断したから三人で襲撃をしたんですよ。理解できましたか？」

「き、貴様ぁ……ふざけんグブファっ!?」

そしてせっかく私の強さを少しだけ見せてあげたというのに残った男性は理解できなかったのか私に襲い掛かって来たので、先ほどの男性同様に右フック気味のパンチをその頬へとお見舞いしてやる。

「ふぅ、なんとか破裂しない程度に加減して攻撃する事ができましたね……。破裂したらせっかくご主人様が私の為に用意してくださったメイド服が汚れてしまいますからねっ！」

そして私はエプロンを二度ほど叩くとそのまま目の前にある、いかにもボスがいるであろう建物へと進んで行くのであった。

――キース side――

まったく、女性陣の行動力ときたら……。

まさか帝国内でも屈指の裏組織の潰滅に、まるでピクニックへ行くような感覚で子供が広場へ遊びに行くかの如くすっ飛んで行ってしまうではないか。

もしこの場をご主人様に見られたら？　などという事は考えていないのだろうか？

考えていないからこそすっ飛んで行くのであろう。

そして俺は女性陣とは違いセバスさんに教えられた『常にご主人様に見られていると思って行動なさい』という事を心がけているので、すっ飛んで行ったりなどは決してしない。スマートに、ご主人様の従者であると胸を張って言えるように行動をする。

一晩で一組織を潰すのだからそれなりの重労働になりそうな予感がするので、俺は気を引き締めて夜の町を屋根から屋根へと駆けていく。

そして、フレイムから提案を受け事前に調べていた通り、裏組織の支部が海岸沿いにあった。

裏組織なのだから目立たないような人気のない場所に支部を作れば良いのでは？　と思ったのだが、そうすると仕入れた物を港から町まで運ぶのが大変になるので結局は他の者たちと同様に運河の近くに支部を作ったのであろう。

その事からも、もしかしたら衛兵と裏で繋がっている可能性も視野に入れて行動する必要があるだろう。

どうせ潰すのならば膿はできるだけ取り除きたいので裏帳簿や賄賂の証拠などが見つかれば良いのだが……。

そしてついに河口近くの海岸沿いにある支部、その入り口に到着したので、ノック（ぶん殴る）をして扉を吹き飛ばす。

すると騒ぎを聞きつけたのか中からわらわらとゴキブリみたいに裏組織の一員であろう者たちが何事かと出てくるではないか。

「誰だお前グベヘッ‼」

「お前っ‼　兄貴にいきなり何をぉうおごはぁっ⁉」

「テメエ、俺たちに歯向かってタダで済むと思っていルブフォアッ‼」

そして、湧き出て来た者たちを相手が喋り終える前に問答無用で蹴り飛ばして行く。

「おいおいおいおいおい、ちょっと流石に失礼とちゃうか？　勝手に人の敷地に土足で上がり込んどいて、人の話も聞かずに蹴り飛ばして行くなんて……殺されたいんか？　ワレ」

そして俺は、進む道を邪魔する者たちを蹴り飛ばしながら建物の奥へと進んで行くと、身の丈二メートルは優に超えているであろう筋骨隆々とした大男と出くわす。

ご主人様に拾われる前の俺であったならば間違いなく『勝ち目がない』と判断して撤退

していたのだが、今の俺からすれば脅威とすら思わないので、想像以上に自分が成長している事に気付く。

「そうですか。ですが残念ながら俺には関係の無い事ですね。邪魔なので死にたくなければそこ、どいてくれませんかね？」

どいてくれるのならば手間が掛からないので良し、どかないのならば蹴り飛ばすのみである。

「あ？　誰に向かってそんな事を言っとるんじゃ？　まさかこの俺じゃあないよなぁ？」

「はぁ、まさか言葉が理解できない魔獣か何かですかね？　人の言葉が分かる人間ならば俺の言った言葉を理解できませんかね？　それともこう言えば良いですか？　帝国で禁止されている違法な薬物で儲けた金銭で食べる飯は美味しいですか？」

そう言うと大男は顔を真っ赤にしながら無言で殴って来るではないか。

しかしながら今までその恵まれた体格でごり押し、勝ってきたのであろう。

その力任せのパンチなど、今までセバスさんと鍛錬して来て、今ではご主人様に教えていただいている俺からすれば攻撃前のモーションが大きすぎて『今から右拳で攻撃しますので避けてください』と丁寧に教えてもらっているようなものであり、何なら目隠しをしても避けられるだろう。

「そんな大振りな攻撃など何回やっても当たる訳がないでしょう」

流石にこんな奴に時間を使うのは勿体ないのでさっさと終わらせるべく、相手の懐へと潜り込むと、そのまま顎を蹴り上げる。

俺の予想ではこの一撃で倒れるだろうと思っていたのだが、相手は足を震わせながらもなんとか踏ん張り持ちこたえているようである。

その姿勢は称賛しよう。

しかしながらいくら立っているからと言って、立つことで精いっぱいの様では最早そこにはくだらないプライドしかないだろう。

ここは倒れて死んだふりでもしていればまだ生き延びる可能性はあったのかも知れないのだが、そのくだらないプライドのせいでコイツの人生は終わるのだから。

むしろ、逆にこいつはプライドを捨てるくらいならば死を選ぶ方がマシだったのかもしれない。

だとしてもやはり馬鹿である。死んだらもうご主人様に仕える事ができないのだから。

そんな事を思いながら俺はとどめの蹴りを顔面目掛けて放つのであった。

――賊 side――


「今回も頼みましたよ、アッガイ・ステングさん」

「そう何度も言わなくても分かっている。帝国を中から腐らすためにこれを広めて欲しいってんだろう？　もう聞き飽きたぜ。まぁ、それに見合った金銭を貰ってんだから今回は許すが、次同じことを聞いてくるとぶっ殺すぞ？」


深夜。

王国からの荷物が届いたという連絡を受けた闇ギルド【地獄の番人】のギルドマスターである俺は本拠内から出ると海岸側にある支部へと向かい、ブツの確認を済ませて奥の部屋へと、自慢の筋肉でできた大きな身体を揺らしながら向かう。

めんどくさいが、かといって俺の部下にそれをさせると入手したブツの量を誤魔化して自分の分にしたり、購入代金をくすねたりするので結局俺が見に行かなければならないのだからふざけた話である。部下を信用していない訳ではないのだが、リスクが少しでもあるのならば止めるべきだろう。

結局一番信用できるのは自分自身であり、それは組織が大きくなろうと昔から変わらない。

そして開けた奥の部屋には既に複数人の美女が薄い布一枚で俺を出迎えてくれる。

「まったく、待ち伏せなどで襲われたりする場合もありだというのに……」

そう呟きながら俺は好みの美女二人を両側に侍らせながらそのままベッドへと向かい性欲を満たす。

あぁ、最高だ。

確かに面倒くさい事はあるのだが、それでも大金を好きに使えて美女まで買う事ができるのだから。

「おら、おらっ！　おらっ‼」

「や、やめへっ！　やめへくださいっ‼」

そして俺はここ最近、性欲を満たすときに、ついでに女性の顔を問答無用で手加減せず殴るという事にハマっているので、本日も同様に女性を殴りながら性欲を満たしていき、一通り使い潰した女性はずだ袋に入れて路地裏にでも捨てて来るように命令をする。

どうせあの顔の腫れ具合からしてももう助からないだろうし、最後にこの俺の手によって死ねるのであれば、さぞ嬉しかったであろう。

そして、部下にゴミの処理を頼んだ俺は先ほどとは系統の違う美女の腕を掴む。先ほどの美女は無抵抗であったのだが、今回選んだ美女は『嫌だ、死にたくないっ！』と叫び、暴れて抵抗してくるではないか。

そんな女に対して俺は「黙れ」と、手加減せずビンタを一発かます。

するとどうだ？　先ほどまでキャンキャンとうるさかった女がピタリと大人しくなるではないか。

巷の居酒屋などに行くと『女の扱い方が分からない』や『嫁の尻に敷かれている』だのという事を言う男たちがよくいるのだが、そいつらにこの方法を教えてあげたいものである。

そして、全てを諦めて従順になったような大人しい女よりも、まだ抵抗すれば何とかなると思っている馬鹿な女の方が俺好みであると再認識する。

やはり自分の立場を分かっていない女に、それを分からせた時にしか得られない快感というものがあり、その時の女の表情がたまらなく好きで、何度でも見たくなるほどである。

しかしながら女というのは脆いもので直ぐに壊れる癖に、全ての女が俺好みの反応をする訳でもないのだが、だからこそ俺好みの女に出会った時はやはりいつも以上に興奮するというものである。

「毎回同じ反応では味気ないというものよ。お前もそう思うだろう？」

「え？……あ……ど、どういう事……かしら？」

その俺の問いに女は怯(おび)えながら『何の事を言っているのか分からない』などという事を言ってくるので俺は今一度思いっきりビンタをしてやる。

すると、女の歯が折れたのか、床に硬いものが転がる音が部屋に響く。

「俺が同意を求めたら同意しろや。女は馬鹿なんだからよぉっ‼」

そう言うと俺は返す手のひらでもう片方の頬を思いっきりビンタする。

「ごめんなさいっ……ごめんなさいっ……ごめんなさい……」

すると女はぶつくさと呟き出す。

今回の女はビンタ三発で俺に従順になったようで、もう少し抵抗してくれた方が楽しめたのに、と思ってしまう。

こうなってしまってはもう元には戻らないので、諦めて性欲を満たす事にする。

前回は顔面を殴って壊したので、今回は首でも絞めて壊そうか、それともお腹(なか)を殴って壊そうか、どうやって壊してやろうかと考えながら女をベッドにぶん投げて俺もそのベッドへと乗る。

こうなった女は自分が死ぬと確信したときにもう一度必死に暴れて抵抗する者もいるので、俺はそういう女を様々な暴力で分からせながら性欲を満たすのが最高だし一番のプレイだと思っている。

「思った通り、ゴミで良かったです」

さぁこの女はどっちだろうか？　もう一度抵抗してくれるだろうか？　などと思いながら女に覆い被さろうとしたその時、聞き慣れない若い男の声がする。

しかもそいつはこの俺に向かって『ゴミ』だというではないか。

どうやら目の前の女よりも先に俺の手によって分からせて欲しい奴がいるようである。

一体どんな男が俺に分からせて欲しいのかと思い、声がした方向へと視線を向けると、そこにはまだ二十歳前後であろうフォーマルウェアを着た男がいるではないか。

一体いつこの部屋に入って来たのか？　そもそもこんな会った事も無ければ無礼すぎる態度の男がどうやってこの部屋まで来たのか気になるのだが、それは一旦置いといて、今やるべき事は先ほど俺に向かって無礼を働いたこいつを処理するのは当たり前であろう。

それに、この俺に向かって『ゴミ』などという者は今まで一人もいなかった為、だからこそ興奮するというものだ。

そんな事を思いながら俺はベッドから降りると、フォーマルウェアを着た男性の方へと歩きだす。

「あ？　お前誰にモノ言ってんのか分かってんだろうな？　吐いた唾は飲み込めない

ぞ？」

　あぁ、この男に社会の恐ろしさの一端を早く教えてやりたい……っ‼　楯突くのは止めようと心から思えるような事をやろう。今から楽しみで仕方がない。

「ちょっと何を言っているのか俺には分かりませんね。ゴミにゴミと言って何が悪いというのでしょうか？　まさか、ご自身が人間だとでも思っているのでしょうか？　あぁ、だからこそのゴミでもあったんですね。すみません、ゴミはゴミなりに自分がゴミであると気付いているものだとばかり思っていましたので……」

「そうか、知らないようだから教えてやるよ。俺は闇ギルド【地獄の番人】のギルドマスターでアガァッ⁉」

「闇ギルドやら裏組織やら裏稼業やら何やらと、悪事を働くグループは統一感が無いのでどれかに統一してもらえないですかね。……って、どうせ今日潰れる犯罪集団のリーダーに言った所で意味がないですがね」

　しかし、本来であればこの生意気な男に対して俺が圧倒的な実力差でもって制圧して分からせてやり、尚且つゆっくりじっくりと殺してやろうと思っていたにもかかわらず、何故か俺は件の男に顔面を蹴られて吹き飛ばされる。

　その拍子にどうやら俺の顎が砕けたようで、顎から大量の血が流れて衣服を赤く染めていき、強烈な痛みが襲ってくる上にまともに喋れなくなっており、この男に言い返したくても言い返す事もできず、ただただストレスだけが溜まっていく。

そして、この男は俺の顎さえ砕けば、俺は詠唱ができずに魔術を行使する事ができないとでも思っているのだろうし、だからこそ俺の不意をついて顎を砕きにきたのだろう。

その考えは実に実戦的であり、実際に俺の顎を砕いたのだから素晴らしいとは思うものの、残念ながら俺の方が一枚上手だったようだ。

たとえ詠唱ができずとも、身体中の入れ墨が魔法陣の役割を持っており、詠唱をしなくとも約三十種類もの魔術を行使できるようにしているのである。

そもそも闇ギルドだと名乗っている裏組織のトップである以上、万が一を想定してこれくらいの事はして当然であろう。

「あぁ、言い忘れていましたがあなたは重要な参考人にもなり得ますので四肢を折って逃げられなくした状態で衛兵に突き出す予定ですのでよろしくお願いします」

流石の俺もこんなふざけた事を言われては我慢の限界である為、怒りの感情のまま身体の入れ墨の一つ、炎魔術段位三【炎の鞭】を行使して男へと攻撃をする。

まさか顎を砕かれた状態であるにもかかわらず俺がそこそこ段位の高い魔術を使ってくるとは思いもよらなかったであろう。

そして俺の魔術が相手に当たると思った瞬間、【炎の鞭】は急に消滅してしまう。

一体何が起こったというのか。

「まったく、こんなしょぼい魔術で俺に抵抗しようと思えていたのならば心外ですね」

男はそう言うと、ゆっくりとこちらへと歩いて来るではないか。

先ほど俺が行使した魔術が消えた時、その男は何かしらの魔術を行使した痕跡も無ければそもそもあの一瞬で炎魔術段位三【炎の鞭】を消し去るほどの魔術を行使できる筈がないし、万が一何らかの方法で行使できたとしても、相殺したのであればその余波が、消し去ったのであればその魔術が目視できるはずである。

はっきり言ってこんな事など今まで裏の世界で生きて来て初めてである。

今まで様々な敵と戦ってきたし、死を覚悟したのは一度や二度程ではない。

しかしながらそのどれもが相手の技や魔術、立ち回りなどを見て『俺よりも格上の相手』だと視覚からの情報で判断した訳で、言い換えれば『見えているからこそ対応ができた』という事でもあった。

それは、どれだけ低い確率であったとしても俺が生存するルートは何かしら見いだせたという事でもある。

しかし今回の相手はどうだ？

何をされたのか分からないという事は、倒す方法も分からなければ逃げる手段も想像できない。

「こえふぉろおもふぉがひぞくのろれひほしえふかいふぶさえうはんへ……」

「あ？　貴様今なんて言った？　まさか『これほどの者が奴隷として使い潰されるなんて』じゃあねぇよなぁ？　この俺のご主人様に対して、まるで巷で良く聞く『奴隷は使い潰すまで働かせる貴族たち』と一緒だと言ったんじゃあねぇよなぁ？　俺のご主人様に対して無礼な発言をして生きて帰れると思わない事だなぁっ!!」

そして俺は目でとらえる事ができない程の速さで繰り出される『蹴り技』によって全身の骨が折れていく音が自分の耳まで身体を伝って聞こえてくる。

あぁ、そうか……先ほど俺の魔術を消したのは、魔術でも何でもなくただの蹴り技であったか……。

俺の魔術が消された方法が分かったと同時に、俺の意識は途切れるのであった。

——フレイム side——

みんなご主人様の奴隷として初めての実戦にもかかわらず、良く頑張ってくれたと思う。

特にマリアンヌは、戦い事に関しては素人(しろうと)であり、本業が戦闘ではなく調味料や酒などを造る事をご主人様に命じられているような奴隷である。

確かに、ご主人様によって護身術として針の扱いを伝授されていたようであるのだが、それだけである。

しかしながらご主人様はそれだけで良いと判断したからこそマリアンヌには針の扱いだけを伝授したのだろう。

「まさか、マリアンヌ一人で支部一つを壊滅させる事ができる程にまで育て上げていたなんて。さすがご主人様、凄(すご)すぎるとしか言いようがないですね……」

ご主人様にはできない事はないのではなかろうか？

「本当にそう思いますわよねっ‼　私だって、ご主人様と出会うまで戦闘訓練をした事も無ければ当然剣を持った事もなかったのに、まさか屈強な男たちをいとも簡単に倒してしまうなんて……。未(いま)だに私自身信じられない程ですものっ‼」

そしてマリアンヌはそう言いながら担当していた支部にいた者たちを衛兵へと突き出して報酬を貰(もら)っていた。

マリアンヌ曰(いわ)く、スキルで精製した神経毒を風魔術で担当した支部に散布して動けなくなったところで全員捕縛していったらしい。

どうしてリスクを承知で生け捕りにしたかというと、この者たち幹部は懸賞金がかけられていたからである。末端の者であっても組織の一員であると判断できる者を衛兵に突き出すとそこそこの金銭を貰えると知ったマリアンヌは殺さずに捕縛し、衛兵に突き出す事によって得た金銭でご主人様へプレゼントを購入するとの事である。

その手があったかと思うのだが、歯向かう者は全員倒してきたので今さらどうしようもない。

次からは小遣い稼ぎができるかどうかを事前に確認してから討伐しにいこう。

「お、三人一緒に出掛けていたんだね。フランの領地へ来ている時はみんな観光でもなんでも好きに過ごして良いと言ってあったけど、ちゃんとオフを満喫できているようで安心したよ」

そして私たちは一仕事終えた達成感とともにウェストガフの邸宅へと戻って来ると、ご主人様が朝食を取っているだろう食堂へと向かうのであった。

「はい。言いつけ通り三人で行動しましたっ‼」

「うんうん。奴隷たちの仲が良いことは喜ばしいねっ」

「はい、おかげさまで私たちはとても仲が良い、それこそきょうだいのような信頼関係を持っていると思っております。それと、あ、あの……ご主人様……私たちで考えた事があるのですが、今お時間大丈夫でしたらどこか人気のないところでお話をしても良いでしょうか」

「……分かった。とりあえず人気のないところに行って話を聞こうか」

そして私が『大事な話があるから人気のないところで話したい』とご主人様へお願いをしてみると、快く承諾してくれる。

普通であれば奴隷が主へ命令または何らかの要求をするなどあり得ない事なのだが、ご主人様は奴隷に対する対応が世間一般の者とはまるで違っており、基本的に私たち奴隷と対等に接してくれる。

だからこうして私からご主人様へお願いもできるわけで、それが何だか少しだけ誇らしくもある。

そんな事を思いながら他の二人を残し、私はご主人様の後ろをついて人気のない部屋へと到着する。

「とりあえず念には念をって事で音を遮断する結界も張っているから警戒せず話していいよ？」

「は、はいっ‼　ご主人様、もしよければ私たち奴隷だけで秘密結社を作ってもよろしいでしょうか？」

「………はい？」

私の話を聞いたご主人様は驚いているようなのだが、それもそうだろう。

なんせこの『奴隷だけで秘密結社を作る』というのはご主人様は一切私たちには話さなかった為『なんでその事を知っているのか？』と疑問に思っているだろう事は、珍しく呆けているご主人様を見れば分かるというものだ。

そして、そんなご主人様の珍しい反応が見られて、サプライズでこちらからこの話を持ち掛けて良かったと思いながらご主人様の言葉を待つのであった。

◆

朝、目が覚めた俺は何故かまた俺のベッドで寝ているフランを起こさないようにベッドから降りて私服に着替えると、日課の散歩から帰って新聞を読みながら朝食を取る。

「ふむふむ、なるほど……二日ほど前この領地にて帝国の裏社会に君臨し、更に王国とも繋がっていた巨大闇ギルド【地獄の番人】が何者かによって壊滅させられた……と」

新聞に書かれている事が真実であるのなら物騒だなと言うべきか、壊滅してくれたおかげで治安が良くなったと喜ぶべきか難しいところではあるけれど、悪を挫く正義のヒーローのような人たちがいるのならば素直に喜ぶべきだろう。

「あ、あの……ご主人様……」

そんな事を考えながら新聞を読んでいるとお出かけから戻ってきたらしいフレイムに声をかけられる。当のフレイムは少しだけ緊張しているようでいつもよりも強張った表情をしているので思わず身構えてしまう。

俺はフレイムにそんな表情をさせてしまうような事を知らず知らずのうちにしてしまったのだろうか？

もし俺と対面するだけで緊張してしまうような事になっているのだとしたらそれは所謂ＰＴＳＤになりかけているという事ではなかろうか？

そうならないように細心の注意をはらっていたのだが、奴隷と主という関係は、もしかしたら俺が思っている以上にストレスに感じてしまっているのかもしれないな……。

「私たちで考えた事があるのですが、今お時間大丈夫でしたらどこか人気のないところでお話をしても良いでしょうか」

そんな事を思っていると、どうやら俺に話したい事があるのだというではないか。

「……分かった。とりあえず人気のないところに行って話を聞こうか」

そのフレイムの言葉にＰＴＳＤになりかけている訳ではないと知ってホッとするものの、

どうやら誰にも聞かれたくないような内容であるとの事なので、それはそれで聞かれたくない内容が何なのか緊張してしまう。

「ご主人様、もしよければ私たち奴隷だけで秘密結社を作ってもよろしいでしょうか？」

「…………はい？」

確かに俺は奴隷たちだけの組織（知識などを門外不出の、奴隷だからこそできる組織）を作ってお金を稼ごうと思っていた。

そもそもこの世界では特許という概念がなく、技術を盗まれ、真似されたくない者たちはその知識や技術を一家相伝にして独占するという方法を取るのが普通である。

しかし一家相伝にしたところで二代目三代目と代替わりしていくにつれて技術や知識を持つ者たちは家族というカテゴリーから血縁者、そして一族という感じで広がって行き、最終的にはどこからか漏れて世間へと浸透していくというデメリットがある。

俺がこれから奴隷たちに教えていく知識はこの世界へ流出してはいけない内容である為、当然その組織には奴隷でない者は入る事もできなければ入れるつもりもないので、そろそろ人数集めの為に奴隷を一気に買おうかと迷っていたところにフレイムから『奴隷たちだけで秘密結社を作りたい』と提案してくれるではないか。

まさに渡りに船とはこの事である。

これを承諾すればもう俺は『秘密結社を作る事をどうやって奴隷たち全員に承諾してもらおう』という悩み事から解放されるのだ。

断る理由は無いだろう。

そして俺の第六感が『ここで安易に承諾してはいけないっ!!』とうるさく警鐘（けいしょう）を鳴らして来るではないか。

なので第六感の警鐘も一応少しばかり考えた上で俺はフレイムのお願いを承諾する事にした。

というのも、今奴隷たちの秘密結社を作ったところでデメリットになるような行為をするとは思えないし、そのような行為をしたところでたかが知れているからである。

だというのに俺の第六感は更に強く頭の中へ告げてくるではないか。

一体なにがそんなに危険だと俺の第六感（本能）が訴えて来ているのかは分からないのだが、俺は第六感を信じるよりも奴隷たちを信用する事の方を選びたいと思う。

「まぁ、フレイムが僕にお願いをしてくるのも珍しいし、そんな奴隷たちのお願いを聞いてあげるのが主だとも思うからね、流石（さすが）に人様に迷惑をかけるとか多額の資金が必要だとかというのであれば別だけど、うん。秘密結社、良いんじゃないの？」

「あ、ありがとうございますっ!!　早速みんなにもこの事を伝えてきますねっ!!」

そして俺の返事を聞いたフレイムは花が満開になるような笑顔で俺に感謝の言葉を述べ、一礼したあと『ばびゅんっ！』という効果音が聞こえてきそうな速さでこの事を他の奴隷たちにも伝えて来ると言って去って行くではないか。

その嬉しそうなフレイムを見られただけでも第六感に従わずに奴隷たちの事を思って返事をして良かったと思うのと同時に、あのフレイムの喜びように一抹の不安も少しだけ感じてしまう。

頼むから面倒事は起こさないでくれよ……。あと、みんな無茶はしないで怪我もなく安全第一で行動してくれよ……。

そして俺はそう心の中で祈るのであった。

閑話——とある冒険者はスキンヘッドとなる——

風の噂ではここウェストガフにとんでもなく美しく、そして強いドラゴノイドの女性冒険者がいるというのは聞いていて、前々から気になっていた。

しかもそのドラゴノイドの女性冒険者はソロで活動しており、それだけではなく奴隷であると言うではないか。その噂を聞いた俺は、もしこの話が本当であれば彼女を助けなければと強く思った。

いくら力に自信があるドラゴノイドだとしても女性がソロで冒険者を続けていくと言うのは流石に酷な話である上に、冒険者をやっている彼女はその事に気づいているはずである。

しかしながら未だにソロで続けていると言う事は、やはり彼女が奴隷であるが故に『ソロで活動しろ』と命令されているに違いない。

そんな話は許されてなるものか

そして、絶対に彼女を奴隷から解放してやると息巻いてこうしてウェストガフに来て一週間が過ぎ去ったのだが、噂のとんでもなく美しいドラゴノイドの女性冒険者はウェストガフの冒険者ギルドに現れなかった。

やはり、噂は噂でしかないのか？

そう思い始めたその時、ギルド内が急に騒然とし始めるではないか。

一体何事かと思って周囲を見渡すと、皆ギルドの入り口へ視線を向けており、その先にはまさに噂通りのとんでもなく美しいドラゴノイドの女性の姿があった。

そして、彼女の姿は冒険者とは思えないメイド服を着用しており、首には奴隷の証（あかし）である首輪が付けられている。

どれだけその姿に見惚れていただろうか。

息を呑む美しさと言うのはあの女性のような事を言うのであろう。

しかしいつまでも見惚れているわけにはいかない。

ここ、ウェストガフまできた意味を思い出した俺はギルドの受付カウンターで職員の女性と会話をしているドラゴノイドの女性へと話しかける為に向かっていく。

「おい坊主、どこへ行くつもりだ？　まさかフレイムの嬢ちゃんの所じゃねぇだろうな？」

「それがどうした？」

そして、そんな俺の腕を古参っぽい冒険者のおっさんに掴まれて歩みを止められる。

その事に一瞬だけイラッとしたのだが、おっさんのおかげで彼女の名前が『フレイム』というのが分かった嬉しさの方が優ってしまい、先ほど感じた苛立ちは綺麗に霧散していった。

「どうせナンパか何かだろう。やめときな。今まで幾度となく様々な理由で、それこそ『無理矢理冒険者をさせられているに違いないっ!!　俺が彼女を奴隷から解放してやるっ!!』と息巻いた奴も何人も見てきたが、全員ぶちのめされて終わりだ」

「何を言ってんだッ!?　どうせフレイムちゃんを奴隷にした糞野郎が無理矢理命令してい

るだけだろう？　フレイムちゃんは今も自由になりたいと心の中で泣いている姿が俺には見えるっ！　それに俺はこう見えてソロで冒険者ランクCなんだぜ？　それこそ前組んでいたパーティーはもう少しでSランクという所まで行ったんだ。当然二つ名だってある、『炎の魔術師』のガルク様とは俺の事だ！　そんな俺だからこそフレイムちゃんを助け出す事ができるってもんよっ！」

「言って聞かねぇんならもう知らねぇ。だが俺はちゃんと忠告はしたからな？」

「オイオイオイ」

「死ぬわアイツ」

　どうやらここのギルドまでは俺の名は轟(とどろ)いていない様で俺の名前や二つ名を出しても、歓喜や称賛の声は聞こえず、『何言ってんだコイツ』というような雰囲気と共に場が一気に白けて行くのが分かる。

「クソッ！　貴様ら恥ずかしくねぇのかよっ⁉　女の子一人でクエストに行かせて、しかもそんな命令を出している糞野郎を野放しにしてっ‼　そうやって行動に移さず見ているだけのお前らも同罪だからなっ‼　むしろこの俺がフレイムちゃんを助け出そうとしているのに邪魔をしようとしている時点でクズ以下だぜっ‼」

　本当に意味が分からない。こいつらには正義に燃える心はないのだろうか？

目の前で女の子一人、高難易度のクエストへ行くのを誰も止めようとせず、フレイムちゃんを奴隷にした糞野郎に制裁をする為に動こうともしない。

反吐が出るとはこの事である。

しかしこのクズどものお陰でより一層フレイムちゃんを助けなければという感情が強くなったのも事実である。

一秒でも早くこの地獄のような日々からフレイムちゃんを助けるために、俺はギルドの職員と会話しているメイド服姿のフレイムちゃんの所まで歩いていく。

「ねぇ、フレイムちゃん」

「……なるほど、ここら辺で消息が不明になったんですね？」

「はい。そのようです」

「ねぇねぇフレイムちゃんっ！」

「分かりました。ではその付近を通るクエストを受けますので稼ぎが良い討伐対象があるクエストを持ってきてもらえますか？」

「あ、ありがとうございますっ！　ありがとうございますっ！」

「フレイムちゃんっ!!」

「いえ、冒険者は助け合いでもあると思っておりますので」

「本当にありがとうございますっ‼　次何か要望がありましたらかなり便宜をはからせていただきますのでっ‼」

「フレイムちゃ――」

そしてフレイムちゃんへと話しかけるのだが、いくら俺が話しかけても無視をされるではないか。

しかしながらここで諦めるような俺ではない。

もしかしたら他人に呼ばれても反応するなと命令されているかも知れないのだ。

「先ほどから何度も私の名前を勝手に口にしていますが、誰が私の名前を呼んでいいと許しましたか？」

フレイムちゃんの所有者（所有者という言葉なんか使いたくないが）は本当にクズだなと再確認したその時フレイムちゃんが俺に反応してくれたのだが、その反応は俺の想像していたものとはかなり違っており、なぜか敵対心剝き出しの反応が返ってくるではないか。

「た、たかが名前くらいで――」

「名前くらい？　この私がフレイムという名前でどれだけ嫌な思いをしてきたか、そしてご主人様のおかげで自分の名前を少しだけ好きになってきたとはいえ、未だにご主人様の身内以外から呼ばれると村にいた頃の嫌な記憶がフラッシュバックしてしまうこの名前を、たかが名前くらいで？」

「いや、その、すまん……。でも俺はフレイムちゃんを助けたいと思っているこの気持ちは本当なんだっ‼」

そしてどうやらフレイムちゃんは自分の名前にいい思い出がないらしく、そのせいで他人から名前を呼ばれる事がトラウマになっているみたいである。

だから今はまだ他人である俺から名前を呼ばれてあんな反応をしてしまったのだろう。

でもこれからは、こうして名前を呼んであげる事でいい思い出に変えてあげたい。

「助けたい？　今あなたは誰を助けると言ったのですか？」

しかし、フレイムちゃんは俺が『フレイムちゃんを助けたい』と言った瞬間に名前を呼ばれた時以上に怒っているようで、周囲にいた野次馬などもなぜか頭を両手で隠しながら逃げていくではないか。

そして心なしか周囲の温度も上がってきている気がする。

「そ、そんなのフレイムちゃんに決まっているじゃないかっ‼　こうして所有者から命令されて高難易度のクエストを一人で請けているようだし――」

「いえ、これはフレイムさんの要望でして……」

「関係ない受付嬢は黙れっ‼　お前たちも同罪だからなっ‼　……こんなんじゃ命がいく

つあっても足りないだろう？　そんな酷（ひど）い命令をしているフレイムちゃんの所有者から俺が救い出してあげるってことだよっ！」

「……あの時助けに来なかった癖に……っ」

「ん？　なんて言ったのかな？」

「じゃあなんで私が一番苦しかった時に助けに来てくれなかったんですかっ⁉　私を死の淵から救い出してくれたのはご主人様ですっ‼　そして今はご主人様の奴隷になれて幸せなのにっ‼　せっかく私が幸せになれたのに、その幸せを壊そうとするのでしたら敵とみなして容赦はしませんっ‼」

　そうフレイムちゃんが怒ったかと思った次の瞬間、俺の視界は真っ赤に染まり、そして頭から冷水をぶっかけられたかと思ったらフレイムちゃんの尻尾で思いっきり吹き飛ばされてしまった。

　うん。フレイムちゃんの尻尾ビンタは癖になりそうだ。

　なんて事を思ったところで俺の記憶は途切れて、次に目覚めた時にはギルドの外に放りだされていたらしく視界に青空が映った。

　そして道行く人々が俺の頭を見るなり「あぁ、赤竜姫（せきりゅうき）のフレイムちゃんに喧嘩（けんか）を売ったんかコイツ」「どうせ赤竜姫のフレイムちゃんの名前を本人の許可も無く呼んだんだろう」「顔も見たことないからどうせこの町では新顔でランクだけは高い、勘違いしているナンパ師紛いの冒険者だろう」とか言いながら、まるでよくある光景だと言わんばかりに過ぎ去って行くではないか。

俺をバカにしたような内容に腹が立つのだが、それよりも通行人全員が俺の顔ではなくて頭部を見ながら通り過ぎて行くのが気になってしまい、落書きでもされているのだろうかと窓ガラスを覗き込み、そこにうっすら映り込む自分の顔を確認する。

「………は？」

するとそこには少し前までは確かにあったはずの髪の毛（親からよく『チャラチャラしてうっとおしいから切ってこい。その歳で恥ずかしくないのかいっ！』と小言を言われる俺の自慢の髪の毛）が綺麗さっぱり無くなっているではないか。

「はぁぁぁぁぁあああっ⁉　何で俺の髪の毛が無くなっているんだよっ⁉」

意味が分からない。

しかしながら俺を見て嘲笑している通行人たちはどうして俺の髪の毛が無くなったのか知っているようなので、通行人の一人を捕まえて聞いてみる事にする。

「おいそこのお前っ‼　どうして俺の髪の毛が無くなったのか説明をしろやっ‼」

「え？　は？　何だよいきなり気持ち悪いっ‼　どうせお前僕らのアイドルのフレイムち

ゃんの名前を本人の了承を得ずに勝手に呼んだ上にかなり失礼な事を言ったり、フレイムちゃんの命の恩人であるローレンス様の事を悪く言ったんだろっ⁉　だから髪の毛を燃やされて禿げ頭(スキンヘッド)にされたんじゃないのっ⁉」

そして男性は俺の腕を乱暴に振り解(ほど)いた後「今度フレイムちゃんに失礼な態度を取ったら髪の毛だけじゃ済まないからなっ‼」と捨て台詞(ぜりふ)を吐いて去っていくではないか。

俺が何をしたっていうんだよ……たとえ、俺がフレイムちゃんにした事がとんでもなく失礼な事だったとしても髪の毛全て失うほどの事なのか……？　だけど心のどこかでスッキリした俺がいるのである。

あの髪の毛も親に反発して半ば意固地になっていた節もあるので良いきっかけでもあると思えてしまうのであろう。

後日、赤竜姫フレイムちゃんファンクラブがあると知り、俺は加入するのと同時にあの時いかに失礼な事を俺はフレイムちゃんにしたのかと後悔するのであった。

七章・冒険者登録とスキンヘッドの謎

今日は久しぶりにフレイムと一緒に冒険者業のクエストをこなす事にしている。

目標は奴隷たちを使って組織を作り俺が一切働かなくても生きていける環境を作る事なのだが、それまでに学園を卒業した場合は俺も少しは働かなければならないだろう。

かといって丁稚奉公（でっちぼうこう）などは論外だし前世でいうところのアルバイト的な仕事に関しては支払われる賃金は最悪だ。

基本的には七時出五時引の十時間労働で日当は四千円程。

それでも前世と比べて娯楽が少ない分出費も少ないのだが、そんなことよりも七時出五時引き一日十時間労働とか考えただけで無理無理無理の無理である。

これの何が嫌なのかというと時間ではない。

誰かに見張られて管理されながら過ごす十時間という時間が嫌なのであり、逆にいうと自分のペースで作業ができる冒険者業であれば三日間クエストに行って金銭をもらうというのは大丈夫というものである。

なので俺は最悪冒険者業でも金銭を安定して高ランク、高クエストで稼げるようにする為に定期的にこうしてフレイムと一緒にクエストをこなしに行っている。

目的としては当然ランク上げのための実績と、冒険者としての経験を積むことであり報酬はこの際安くても良いので先ほど述べた二つを考えて毎回クエストをフレイムに選んでもらっている。

そして、冒険者としての実績と経験を積むためギルドへ訪れるたびにギルド内にいる冒険者のスキンヘッド率が明らかに増えているみたいである。

なので普段からギルドに通っているフレイムならばこの摩訶不思議なスキンヘッド増殖現象の事を知っているのではないかと聞いてみる。

万が一これが髪の毛が抜け落ちる病か何かであった場合はフレイムに被害が及ぶ前にこのギルドから遠ざけたいと、フレイムの主人としてもそう思う。

ただ、なぜかスキンヘッドになっているのは全員男性のようでもしかしたら女性のフレイム自身は大丈夫なのかもしれないのだが、それがもし感染症だったとしたならば俺やお父様やお兄様だけではなくウェストガフ家に仕えてくれている男性たちの髪の毛がとんでもない事になりかねないのでフレイムは女性だから大丈夫だと楽観視する事もできない。

そしてフレイムにその事を聞いてみると『全て私が焼き払いました。そして何故かその大半は伸びてきても剃っているみたいです』と教えてくれるのだが余計に意味がわからなくなってしまう。

「みろ、あれがフレイムちゃんを死地から救い出したここの領地を治めるウェストガフ家の次男、ローレンス様だ」

「あ、あれがローレンス様……そのお姿からも知性溢れ高潔かつ慈愛に満ちたお方であることが窺えてくるようだ……。俺はあんなお方に対して蔑むような言葉で貶め、フレイムちゃんの気を引こうとしていたのか……。そりゃ髪の毛を焼き払われても仕方ねぇな。だって、あのお方がいなければフレイムちゃんは既にこの世にいなかったのだろうし、あんな笑顔でご主人様と楽しそうに歩くこともなかったというのに……俺ってやつは……っ‼まだ俺には髪の毛を伸ばす資格はねぇと再確認したぜっ‼」

「あぁ、その気持ちは痛い程良くわかる。なんせ俺だってその一人だからな。むしろあそこでフレイムちゃんに止めて貰わなければどうなっていたか想像するだけでも恐ろしい。知らなかったとはいえ貴族、それも侯爵家の次男であるお方の所有物を本人の許可なく勝手に手を出そうとしていたのだからな。拷問された上で殺されていたかもしれないと思うと俺はフレイムちゃんには一生頭が上がらねぇし、禊が足りないと思ってしまう。その結果末だに俺は髪の毛を伸ばす事ができねぇ」

「お、俺もだっ‼」

「俺も俺もっ‼」

「お、俺は自らの意志で剃って来たが、フレイムちゃんの事を思うと髪の毛を剃らずにはいられなかったぜっ‼」

「その気持ち、すげぇ分かるっ‼　だから俺も髪の毛自分で剃ったからな」

「お前は元から髪の毛無かっただろうがっ！　嘘つくんじゃねぇよっ‼」

「よ、横は生えてたしっ‼」

そしてそのまま耳に魔力を集中させて聞き耳を立てていると、スキンヘッド数名と禿げ一名の会話が聞こえてくる。

それにしても……フレイムは一体何をこのギルドでやって来たのか、真実を知るのが怖くなってきたのであえて聞かないでおこう。

女性の髪は命とは良く聞くのだが男性の髪の毛は時に女性の髪の毛以上に大切にしてあげなければならないというのに……男性たちの会話を盗み聞きした内容によるとフレイムは男性たちの髪の毛を燃やしているらしい。

なんて恐ろしいことをフレイムはしているのだっ⁉　とは思うもののギルドからまだ正

式に何も苦情が来てないのでなぜフレイムが男性たちの髪の毛を燃やしているのかという真実も後回しで良いだろう。

「どうしました？　ご主人様」

「いや、その、まぁ、ほどほどにな、フレイム。ほどほどにだぞ？」

「？……良くわかりませんが、わかりましたっ‼　ほどほどにですねっ‼」

あの感じだとあまり良く分かっていないような感じなのだが、俺は確かに注意はしたのでそれで良いだろう。

ぶっちゃけ苦情が来ないのなら、赤の他人の髪の毛の事などどうでもいいからな。

そしてスキンヘッドたちの会話を盗み聞きしながら受付へと向かうと、早速俺たちに気づいてくれた受付嬢の一人が声をかけてくれる。

「あら、フレイムさんっ‼　こんにちはっ。そちらの方はローレンス様ですねっ！　本日はどのようなクエストをご希望でしょうかっ？」

ちなみにそこの受付嬢のカウンターは高ランク専用なので今は誰の相手もしていないようなのでそのままクエストを受ける事にする。

「そうですね、フレイム何かおすすめはある？」

そして俺はどのクエストが良いかフレイムに聞いてみる。

こういうのは下手に素人が決めるよりも経験豊富な者が決めた方が良いに決まっているので俺は今まで全てフレイムか受付嬢さんにクエストを選んでもらっている。

「そうですね、この黄色猿の討伐なんてどうです？　無駄に知恵が回る上にスピードもパワーも申し分ないのでご主人様でも十二分に楽しめるかと思いますっ‼」

しかし、ここ最近ではなぜか比較的簡単かつ高報酬のクエストよりも、どちらかというと報酬度外視で難易度が高いクエストを率先して選んでいるように思えるのは気のせいだろうか？

違う、そうじゃない。俺は楽をしたいんだっ、と思うのだが、フレイムがこの難しいクエストを選びたいというのであればしょうがない。

それに、フレイムが自分の成長した姿を俺に披露したいというのも少なからずあるだろう。

俺の所に来るまでのフレイムの身体的ハンデを考えると、フレイムの気持ちも分かるので今日もフレイム厳選の難易度の高いクエストを選ぶ事にする。

「いつもありがとうございますっ！　フレイムさんのおかげで滞っていたクエストが消化されていくので本当に助かっていますっ‼　この黄色猿討伐のクエストなんて十年ものですよっ」

「十年ものですか……それは期待できそうですね。この十年という期間でさらに知恵もついてきているでしょうし、コロニーも大きくなっている可能性だってありますしね。楽しみですね、ご主人様っ!!」

どうやら俺が見ない間にフレイムは戦闘狂になってしまったみたいである。

しかしながら戦うドラゴノイドメイドに激しく萌えてしまう俺がいるのも事実であり、早くフレイムが戦う姿を見てみたいと思ってしまうのは自然な事だと俺は思う。

ぜひフレイムには俺の目の前で思う存分そのメイド服の丈の長いスカートを翻しながら戦ってほしい。

そんな事を思いながら俺はフレイムの後をついて行く。

そのフレイムは森の中であるというのに姿勢は美しく、こんなところでもメイドとしての美しさを維持しているのはぶっちゃけ化け物なのかな？　と思ってしまう。

体幹が良いとか、もはやそんなレベルではないだろう。

「ご主人様、本当に私が目的地まで抱えて飛ばなくても良いのですか？」

「あぁ、今回は自分の足で目的地まで行こうと思ってね」

「わ、わかりました。では、もし辛くなったのならばいつでも私に申し付けてくださいね。すぐに抱き抱えて目的地までひとっ飛びしてあげますからっ!!」

「うん、その時はよろしくね？　フレイム」

「はいっ‼　任せてくださいっ‼」

　そして、いつもとは違い森の中を歩く俺にフレイムがいつものように俺を抱えて目的地まで飛んで行ってあげようかと提案してくるのだが、騙されてはいけない。

　前回も、その前も、その前の前も、というか今までのクエスト全て、討伐対象がいる目の前に俺を降ろすとそのまま置き去りにしてフレイムは後方で俺を応援するという流れなのである。

　そして俺をどこに降ろすかはフレイム次第であるため、今回もフレイムの言葉に甘えてしまうと、間違いなく黄色猿のコロニーのど真ん中に降ろされて、フレイムはそれを後ろで応援するというのが容易に想像できてしまう。

　しかしながら今日の俺はそう簡単にフレイムの罠にかかるわけにはいかない。

　そんな強い意思を持ちながら俺は道中フレイムと世間話に花を咲かせて三時間、ようやっと黄色猿のコロニーのど真ん中まで飛んでくる事ができた。

　正直言ってフレイムの「でも目的地までだと徒歩で数日かかってしまいますよ」の言葉で俺は心が折れた。

　それはもう簡単に折れたね。

どれほど簡単に折れたかと言うと、うまいん棒の方がまだ耐えたと思えるくらいには簡単に折れたと言えば分かりやすいだろう。

できれば俺は日帰りが良いのだ。そのためだったらフレイムに魂だって売る。当たり前だ。

キャンプは憧れるがサバイバルとなると話は違ってくる。

そして、俺を黄色猿のコロニーのど真ん中に置いたフレイムはというと「久しぶりにご主人様に抱きつく事ができましたっ。こんな時にしか抱きしめられないので役得ですね」などと呟（つぶや）いており、まだまだ俺を子供扱いしているようである。

とは言っても正直俺の見た目とこの世界での年齢は十歳なのでまだまだ大人から見れば子供の部類だろう。

俺も前世で十歳となると普通に子供という感覚だったし、二十前後でもなんなら子供扱いしてしまう時もあるほどで、それは今も変わらない。

そのため俺からしてみればフレイムもまだまだ子供だなと思ってしまう時があるのだが、そこはお互い様ということで許してほしい。

「あ、ご主人様。ここのコロニーのリーダー猿は確かにシルバー黄色猿っぽいですが他にも青色猿に赤色猿までいますねっ！　これは腕の見せ所ですよっ‼」

信号機かよ……。あとボス猿は銀なのか黄色なのかはっきりしてほしい。

「ウホ？」

「ウホウホウホ」

「ウッホウホウホ」

そしてあっという間に俺は色とりどりの猿（見た目は完全にゴリラ）に囲まれており、フレイムは気が付けばカラフルゴリラたちの攻撃が当たらない場所まで飛び上がって「頑張ってくださいっ！　ご主人様ぁーっ‼」と声援をかけてくれる。

この状況、俺たちの事を知らない第三者が見れば普通に虐待されていると思うのではなかろうか？　なのでフレイムには第三者にいらぬ誤解を招いてしまう前に是非地上まで降りてきて俺の代わりにこの猿どもを討伐してほしいところである。

「今まで物陰に隠れて様子を見ていたが流石に子供一人をこの猿どもの真ん中に置き去りするなど我慢ならんっ‼　そこのドラゴノイドの女性よっ‼　恥を知れっ‼」

ほら、言わんこっちゃない。早速第三者にいらぬ誤解をさせてしまったではないか。

…………ん？

「ほら、私が来たからにはもう大丈夫だぞ、坊や。早くここから一緒に逃げようっ‼」

どこからともなく女性が現れ、俺の頭をポンポンと撫でた後に手を握って「一緒に逃げよう」と言ってくるではないか。

　その女性は腰に届くほどに長い輝く銀髪に耳も長く、機能性を重視しているのか少し布面積の多いビキニアーマーのような装備をしており、褐色の肌をしている。

「だ、だだだだっ」

「？　そうか、恐怖で上手く喋れないんだなっ！　なんて可哀想にっ！　でもお姉ちゃんが来たからにはもう大丈夫だぞっ‼」

「ダークエルフじゃないっすかっ‼」

「すまんな、私がダークエルフで。だが誓って君に危害は加えないし必ずこの場から助け出してやると誓おうっ‼」

　そしてダークエルフのお姉さんは少しだけ悲しい顔をした後、俺に向かって『必ず助ける』と言うではないか。

　うちの領地では今まで生きて来てダークエルフを迫害するような例は聞いたことはないのだが長命種故に迫害をされてきた過去を生きてきたりしたのかも知れない。

　その過去が何百年前のものかはわからないのだが、人間など百年も経たずに価値観はガラリと変わってしまう生き物なのだ。それを長命種の者へ言ってもいまいち理解できないのかも知れない。

しかし今は目の前のダークエルフの過去よりも、俺がダークエルフのお姉さんを悲しませてしまっているという事の方をどうにかしなければならない。

せっかく会えたおっぱい、ではなくてダークエルフのお姉さんなのだ。

どうせならば友交的な関係を築いておきたい。

ちなみにエロい事が目的とかではないと先に言っておこう。

確かに俺の目線は今もダークエルフのお姉さんが持つメロンみたいなお胸様に釘付けなのだが、それはビキニアーマーみたいな服を着ているダークエルフのお姉さんが悪いのであって俺が悪いわけではない。

火炎袋の役割も持っているドラゴノイドであるフレイムの胸には流石に負けるが、しかしながらビキニアーマーの隙間から覗く肌のハリに、アーマー越しでも第六感で感じる事ができる形の良さにはやはり男たるもの見てしまうのは仕方がないと俺は思う。

なのでダークエルフのお姉さんに『エロガキ』と勘違いされる前にこの状況を早急にどうにかするべきだろう。

「あ、おいっ!?　何をしているっ‼　そっちは危ないから行くなっ‼」

そして俺はさっさとこの猿共を討伐してしまおうとボス猿がいる方向へと歩いていくのだが、そんな俺を見たダークエルフのお姉さんが血相を変えて『危ない』と叫びながら俺の腕を掴もうとするのが見えた為、俺はその手をするりと躱す。

「ウホウホウホウホウホッ!!」

「ウホウホうるさいなぁ、さっきから。そんなに騒がれてはおっぱい鑑賞の邪魔でしょうがっ!!」

「ウホォォォォッ!!」

「あー、どれで倒そうか……数も多いし風魔術段位四【鎌鼬】」

そして、俺に襲い掛かかろうとしてくるシルバー黄色猿と、その周辺にいる猿たちを風魔術段位四【鎌鼬】を行使して首を刎ね、先ほどまでうるさかった猿たちは俺の風魔術ひとつで静かになる。

風魔術の強いところは目に魔力を通わせてその流れを予め見えるようにしておかなければならず、そうしなければ目視で確認できないという点である。

そして当然この青赤黄色の信号色カラーの猿たちはそんなことなどわかる訳もなく、俺が何か言ったかと思った次の瞬間には、猿たちからすればいきなりボス猿であるシルバー黄色猿とその周辺にいた猿たちの首が切り落とされたのである。

声を出すのも恐ろしい程の恐怖心に支配されてしまったのであろう。

そして動いた瞬間に殺されるかもしれないという恐怖もあり、猿たちは声を出すことも動くこともできずにただ俺の一挙手一投足を見つめる事しかできないようである。

しかしながら今現在人的被害が既に出ている事からこれ以上増やすわけにもいかない為、当然ながら人里に来ないように威嚇し武力でわからせたところでイタチごっこが始まるだけで根本的な解決にはなりえない。

そもそもここウェストガフではこの猿たちによって毎年数名の人間が行方不明になっている。

その原因はこの猿たちで間違いないために、人喰い猿たちには情けをかける必要はないだろう。そのため見つけたら殺す。

前世の感覚がまだ残っていた時は魔獣といえども生き物を殺すという事には抵抗があったのだが、それでも俺たちはこうした魔獣や動物の命を頂いて生きている以上『可哀想』という感情は偽善でしかなく、発展して暮らしが豊かだからこそ持てる思想であることは理解している。

どちらが良いかなどと比べるような事ではないのだが、可哀想と言いながら食べ物を残すような人にはなりたくないと思っていた俺は可哀想だからと殺さない選択はしない。

そして、だからこそこの猿たちも命を頂いたからにはしっかりとギルドに卸して、できる事ならば骨の一本まで有効活用してもらおう。

　そう思いながら自分の中にある罪悪感から意識を逸らしつつ信号色の猿を討伐し終えると、フレイムにお願いして二年前の誕生日にプレゼントした収納袋へと討伐した猿たちを収納していってもらう。

「流石ご主人様ですっ‼　惚れ惚れする一撃、そしてあまり殺傷能力が無いと言われている風魔術でこの威力っ‼　本当に尊敬しますっ‼　この前のご主人様の魔術に対する考え方もかなり参考に――」

「うん、そうだね。でもこの猿程度だったらフレイムも簡単に倒せたよね？　何で僕を猿がいるど真ん中に置いていったのかな？」

「それは当然ご主人様の勇姿をこの目に焼き付けるためですっ‼」

　そして俺とフレイムがそんな会話をしながら倒した猿たちをひたすらフレイムの持っている収納袋へと入れて行っていると、その光景を少し遠くで見ていたダークエルフのお姉さんが何かを決意した表情でこちらに近づいてくる。

　何故だろう……とても面倒臭い事が起こるような気がするんだが。

「師匠っ‼」

「え？　違うよ？」

「いえ、あなた様は今この時より私のお師匠様だっ‼」

「いや、だから違うよっ⁉」

「それで師匠っ‼　いきなりで悪いが私の話を聞いてはくれないかっ⁉」

「何でっ⁉　後何度も言うけど僕はあなたの師匠ではなからっ‼」

「おっと、これはすまない」

「やっと分かってくれたようで僕も一安心だよ、全く」

「私は敬語がどうも苦手でな、少しだけ荒い口調になってしまうのだが、生まれてこれまで二百年と少しこの喋り方で生きてきたのだ。今更敬語を使えと言われても妙にうまく喋れなくてな、申し訳ない。だが私が師匠を敬う気持ちに嘘偽りはないと信じてくれないかっ‼」

　だめだ、こいつ話が通じねぇっ‼

　とりあえず一対一での対話は不可能であると判断した俺は助けを求める為にフレイムに視線を向けると「そうでしょうそうでしょう。私のご主人様はすごいのです。あなたが先ほどのご主人様の一撃を見て弟子になりたいと思う気持ちも物凄くわかりますよっ‼」と、何故か少し誇らしげな表情でそんな事を喋っていたので、フレイムはだめだという事が分かった。

「そうなのだっ！　ドラゴノイドの女性よっ‼　後初めに私があなたを罵った事を詫びよ

うっ！　私が間違っていたようだっ！　すまなかったたっ！」

「それについては何も思っていないので大丈夫です。むしろまだ一歳のご主人様を猿たちの中に放り込んだのを見てしまったら仕方のない事だと私も思いますので」

「しかしそれで私が騙(だま)されたおかげでこの運命的な出会いを果たしたのだと思うと感慨深いものがあるなっ！」

　そして二人は波長が合うのか楽しそうに会話をし始める。

　まぁ、確かにダークエルフの大きなおっぱいと出会えた……ではなくてこの世界で初めてダークエルフと出会えたという点で見れば感慨深いものはあるのだが、だからと言って弟子にするのはまた別問題である。

　しかしながら、ここで有耶無耶(うやむや)のままにした場合取り返しのつかない事になりそうなのでやはりしっかりと違うものは違うと言うべきだろう。

「あの、ダークエルフのお姉さん……？」

「おぉ、これはすまないっ！　フレイムさんとの会話が面白くてつい夢中になってしまったようだ。あと、自己紹介がまだだったな。少し遅れてしまったのだが名乗らせてくれ。私の真名(まな)は『シシルカ・ルル・シ・リュー』で仮の名前はシシル・シルカだ」

「成程、本当の名前はシシルカ・ルル・シ・リューさんね」

何だか某国の女優みたいな名前だな。本名は少しだけ長いがこれならばすぐに覚えられそうだ。

「そうだ。私の真名はシシルカ・ルル・シ・リューだな」

「で、仮の名前がシシル・シルカ。と言うことは他の人がいる場合は仮の名前であるシシルさんと呼べば良いのかな？」

「あぁ、そうしてもらえると有難い。真名を言葉にして呼ばれ、返事をしてしまった場合我らダークエルフは呼ばれた者に魂の契約をもって隷属されてしまうからな。だから我々ダークエルフには真名とは別に仮の名前があるのだ」

成程、少し不便だなとは思うものの実にファンタジーっぽくて良いではないか……ん？あれ？　いやいや……。

「……は？」

「……え？」

「いや、今さっき僕がシシルさんの本名、真名を呼んでシシルさんは返事をしました……よね？」

「ん？　当たり前だろう？　これから私の師匠となる方だ。仮の名前しか教えない、本名を呼んでくれたにもかかわらず返事をしないなど、それこそ師匠に失礼だろう？　私とて言葉こそは少しばかり乱暴だがこれでも常識は弁えているつもりだ」

………常識って何だろう。これが異文化というやつか……。

「え？　じゃ、……」

「そうだ。これによって私とお師匠様は魂でも繋がったという事だな。何かお中し付けなどあれば是非言ってくれて構わないからな。ちなみに私は隠密行動に長けているから暗殺から情報収集まで草としての仕事は任せてくれっ‼」

「良かったですねっ‼　シシルさんっ‼　これでシシルさんも私たちの同僚ですっ‼」

「あぁ、これでフレイムさんは私の姉弟子となったわけだっ‼　これからよろしく頼む、フレイム姉様っ‼」

え？　なにこれ？　俺には拒否権はないのか？

そして俺はハイライトが消えた目でフレイムとシシルがお互い楽しそうに会話をし始めるのを眺めていると、シシルが何か思い出したような表情をして俺の元へとくるではないか。

そういえば最初シシルは俺に何か頼み事があるとかないとか言っていたことを思い出す。

もうやめてっ‼　俺の精神と胃のライフはゼロよっ‼

しかしながら、俺と隷属契約を結んだからと言って、必ずしもシシルを弟子にしなければならないという事はないので最悪無視でいいだろう。

もしくは姉弟子として敬われているフレイムに全てを押し付けても良いのである。

やりようはいくらでもあるのだ。そう悲観的になる必要は無いだろう。

そう思うと少しだけ肩の荷が下りた気がした。

そもそも俺は奴隷だからといってよっぽどのことが無い限り今まで命令をして来ず、基本的には奴隷たち各々の自主性に任せてきたし、シシルと隷属契約をしたからといってその方針を変えるつもりは毛頭無いのである。

ならば今までと何も変わらないのではなかろうか？

と、この時の俺はダークエルフの習性というか常識を、そのお互いの常識のズレで痛い目を見たばかりであるというのに、まったくもって反省していなかったという事を思い知らされる羽目になるのだが、誰があんなことになると分かるのかと言いたい。

「それで、シシルは僕に何かお願い事があるようだけど、それはなんだったの？」

そして俺は、安心したのかシシルを隷属の件など取るに足らないことだと思考の隅へ追いやって、シシルのお願い事とやらを聞いてみる。

「そうだな……私を強くしてくれ。いずれ倒さなければならない強敵がいるのだ」

「それならば、君にとって姉弟子と兄弟子がいるのでそいつらに色々と教えてもらうと良いよ。姉弟子はもちろんフレイムなんだけど、兄弟子はキースという体術使いです。どちらもここ最近メキメキと力をつけてきているのできっとシシルも満足いくと思うよ」

「あ、ありがとうございますっ‼」

そしてシシルの返答は『倒したい相手がいるから強くなりたい』というものだったので、奴隷たちには申し訳ないのだけれども、シシルの面倒は丸投げしよう。

「ちなみに、その倒したい相手って誰なの？　言いたくなければ別に無理して言う必要は無いからね？　いくら隷属関係にあるといっても命令して無理矢理俺の意見に従わせるなどという事は基本的にはしないから、その点に関しては安心して」

「……ありがとう。実は私の生まれ育った村はとある魔獣によって壊滅的なダメージを負ってしまってな。家や畑を荒らされてしまった為にかなり苦労をしたもんだ。そしてその魔獣は私の両親を殺した。そう、ちょうどお師匠様の後ろにいるような魔獣だったたな」

「なるほど……はい？　いやいや……えぇっ⁉」

そしてシシルの故郷はとある魔獣により壊滅的なダメージを受けてしまい、その時にシシルの両親を殺されたと言うので一体どんな奴かと思い、後ろを振り向いてみると身の丈三メートルほどと思える巨大なカマキリがそこにいた。

そして俺は反射的に炎魔術を行使して焼き殺してしまう。

「流石お師匠様だなっ‼　恐らく私たちの村を襲った魔獣もこいつで間違いないだろうっ！　右目に我が姉が弓矢でつけたであろう傷跡があったからなっ‼　しかしながら、我々ダークエルフでも苦戦した魔獣を一撃で倒すとは……私はお師匠様の弟子になれて幸せだと、今実感しているっ」

　そして、虫を焼いたときに出る独特のにおいが漂い始める中、シシルが俺を絶賛し始め、フレイムが『うんうん』と頷いているのが見える。

「いや、炎が弱点ってだけなのでそこそこの炎魔術が扱えれば倒せるかと……」

「何を仰っているんだ。ダークエルフの里でこれ程の魔獣を一人で、それもこんなにあっさりと倒せる者など大人でもいないぞっ！　謙遜も過ぎれば嫌味に聞こえる時もあるから気を付けた方が良いぞ？　お師匠様っ」

　いや、そうじゃない。ダークエルフは炎魔術が苦手ってだけで俺が凄い訳ではない。

　そう言いたいのだが、その事を説明しようとしても余計に面倒くさい事になりそうなのでもう好きに言わせる事にする。

「このカマキリ型の魔獣、どうせ私たちの里で食料が手に入らない事が分かると今度はこの猿たちを襲いに来たのだろう。そしてせっかく食料にありつけると思ったらお師匠様が討伐し、死体も全て回収し始めた為怒りで襲ってきたのではなかろうか。この食べ物に対する執着心をみても、もしかしたら産卵を控えていたのかもしれないな……」

俺と違って数百年も生きているシシルは、子供の一人や二人くらい出産していてもおかしくないだろうし、産卵を控えていたであろうこの魔獣に対しても何か思う所がある――

「こいつの卵は絶品なのだが全て燃えてしまったな。命には代えられないから仕方ないが、もし次にお師匠様がコイツを倒す時は炎属性の魔術は使わないでくれるとありがたい。卵以外も複眼や鎌は高値で売れるからな」

――という事でも無かった。というか、卵食うんだ……。

「う、うん。分かった。次からは炎魔術は使わないように善処するよ」

「かたじけない」

そして俺たちは討伐した後始末をして帰路に就く旨をシシルに伝えると、一旦シシルは村に帰って新しい師匠ができた事、そしてその師匠が例の魔獣を倒してくれた事を報告しに行くとの事である。

その為俺の住まいの場所を教えようとすると『魂で繋がっているから大丈夫だ』との事。

俺としてはそのまま村で生活してほしいのだが『弟子が師匠の近くで生活するのは当たり前の事』と言って聞かないので仕方がない。

とりあえずは性格も悪くなさそうだし、不器用な程真面目なのが欠点といえば欠点だが特に問題はないだろう。そう思っていた当時の俺は、ダークエルフの常識とのズレによりこの短時間で散々痛い目を見たというのにまだ自分の常識で考えてしまった事を一週間後に後悔するのであった。

◆

そしてシシルと出会ってから一週間が経った。

俺の予想ではなんだかんだで頭が固いほど真面目なシシルの事なので数日で俺の元へとくるのではと思っていたのだが、今までシシルが帰ってくる事もその兆候も無く、いたって平和な日常を過ごせていた。

『お師匠様っ‼　村の者たちがお師匠様に挨拶をしたいと言うので、お師匠様の影を通じて今から向かってもいいか？』

そう、シシルから思念で連絡が来るまでは。

正直言って思念通話なんか初めての経験であるためかなり驚いたのだが、俺はそれを声に出さず毅然とした態度でシシルと思念で話す。

『は？　いや、村の者って……それに俺の影を通じてこっちに来るって？』

一瞬だけ村の者たちと聞いて何人来るつもりかと思ったのだが、もしかしたらシシルの血縁者が来るのかもしれないと納得はしたものの、影を通じて俺の元へと来るというのはどういう事なのか理解できない。

俺はシシルの真名を呼ぶ事で契約している為、俺の影が目印などになるのだろうか？

『あぁ、村の者だ。本来であれば村の者全員で出向くのが一番であると私も思っているのだが足腰が悪い老人や、まだ遊び盛りの子供たちは逆にご主人様の邪魔をしそう、というかまずするので本日は大人のみである事を初めに謝罪する。あと、とりあえず今からそちらへ向かうので少し広めの庭などの開けた場所まで移動してもらえないだろうか？』

そしてシシルは今からこちらへと向かうと言うではないか。

わざわざ移動する意味もよく分からないのだが、とにかく広めの場所がいいと言う事で中庭へと向かう。

何だろうか？　お土産とかを大量に持ってきているのだろうか？　それならばこちらのお返しも用意した方が良いだろうか？　そもそも血縁者、特にシシルと縁の深い者が来た場合を想定して俺は『知らなかったとはいえシシルさんを隷属してしまって申し訳ございません』と土下座をすぐにでもできるように身構える。

そして、シシルに中庭へ着いた事を告げると俺の影から次から次へとダークエルフが忍者の如く飛び出してきて、そのダークエルフの人数およそ百人ほどが俺の前で片膝をついて頭を垂れるではないか。

いや、どういう状況っすかね、これ？

正直言ってこの人数の多さも意味が分からなければ片膝をついて頭を垂れているのも意味が分からないので一番最前列の中央でみんなと同じように片膝をついて頭を垂れているシシルへこの状況を教えてもらうべく話しかけることにする。

「ねぇシシル、これは一体どういう事なの？」

「はい、村のダークエルフはお師匠様の傘下に入りたいと思っているのだ。我らが住んでいる森はあのカマキリの魔獣だけでなく他にも多種多様で危険な魔獣がいっぱいいる。あの時お師匠様が討伐した猿だってそうだ。しかし私たちはその魔獣どもを何とか退けるので精一杯で、たとえ退けたとしてもまたいつ襲われるか分からないという恐怖で完全に安心して暮らせた日々はここ最近はないんだ」

「だから俺の傘下に入りたいと？」

「あぁ、そうだ。いきなりですまないとは思っているのだが村の者の事を考えると……」

そう言うとシシルは更に深く頭を下げる。

両親を魔獣に殺されたシシルだからか、その表情は真剣そのものであり、そしてここへ来たダークエルフたちもシシルのように両親を殺されていないまでも同じ村に住んでいる以上似たような経験はしているのだろう。

ダークエルフたちの表情は真剣そのものである。

しかしながら、俺は一つだけ疑問があるのでその疑問をシシルに聞いてみることにする。

「話は分かったけど、ダークエルフの行使できる闇魔術や土魔術、それらを付与させた弓の技術があると思うんだけど、それでは魔獣たちを倒せないの？」

それら魔術や弓の技術があれば俺の傘下に入らずとも魔獣どもを蹴散らすだけの戦力はあると思った為シシルに聞いてみるのだが、シシルは俺の問いに首を横に振る。

「それが、以前までは難なく討伐する事ができたのだが、ここ二百年前くらい前から魔獣たちの闇魔術と土魔術の耐性が高くなっていやがるんだ。もともとそれら闇魔術と土魔術は薄暗い森の中かつ地面に触れている生活をしている魔獣たちは少しばかり耐性はあったようなのだが、最近は退けるのが精一杯というレベルにまでそれら魔術に耐性がついている個体が増えているんだ……」

なるほど……詳しいことはわからないのだがシシルの話から考察すると元々耐性がある魔獣に闇魔術や土魔術を行使して討伐しようとして失敗し、逃げ出した個体から更にそれら魔術に対抗できるくらいの耐性がついた個体が生まれてきているのだろう。

おそらく、討伐を失敗して逃した個体というのはここ最近の話ではなく、何百年、下手したら何千年と繰り返してきてついにそれが魔獣の身体(からだ)にも影響が出始めてきたのだと考えて良いだろう。…………多分。知らんけど。

「お願いだっ‼　我らダークエルフを助けてほしいっ‼」

そして、俺が魔獣について考えていると、それをダークエルフの対応について考えていると思ったのかシシルが助けてほしいと叫び、頭を地面に擦り付けて土下座の姿勢になる。

「…………ぐぬっ、わ、分かった」

「あ、ありがとうっ！　お師匠様っ‼」

流石にこの人数から頼まれては嫌だと断る勇気は俺にはない。

それに、救える可能性があるのにそれをしないというのは、俺は嫌だと思ってしまった。

そうしたらもう俺の中で答えは決まっており、あとは俺の覚悟だけである。

そしてこの日、俺は師弟契約という名の隷属契約を数百人分するのであった。

◆

さて、どうしたものか。

昨日は思わずシシルとその他ダークエルフの面々たちに押し切られた形で数百人という決して少なくない人数と隷属の契約をしてしまったのだが、隷属したからにはちゃんと面倒を見なければならず、その為に必要な資金源をどうしようかと俺は頭を悩ませていた。

「お師匠様、体調がすぐれないのか？　もし体調がすぐれないようであれば私が介抱してやってもいいぞ？」

「あ、いや体調が崩れない訳ではなくて、君たちダークエルフのこれからについて考えていたんだ。何せ人数が人数だからね」

「なるほど……我らがダークエルフの今後について考えてくれていたのだな。感謝しても足りないぐらいだ」

そんなこんな経緯でいくら一方的に主従関係になったとはいえ俺が主である以上面倒はみてあげるのだが、その為にも何か有効活用はできないだろうかと悩んでいると、俺は閃いた。

「あ、そうか。ダークエルフたちには作物を作ってもらおうか」

「作物……？　作物ならば我らダークエルフは既に自給自足できる分は育てているのだが、そのまま収穫量を拡大するという流れでいいのか？」

「いや、今まで育ててきた作物ではなく、俺が用意した作物をダークエルフが得意な土魔術で耕した肥沃な土地で育ててくれればそれでいい。目下のところは主に大豆を育ててもらう事になると思う。あと、流石に人数が多すぎるからスムーズに作業できるように組織化もついでにしようと思う」

そう、これが俺のスローライフ計画の更なる一歩。奴隷たち中心の組織（金の成る木）を作る土台となることだろう。

ちなみになんで奴隷だけの組織なのかというと金の成る木（技術や知識など）をできるだけ独占させる為にも組織で共有する知識を外へ出難くする為である。

「とりあえず一年を通してやってみて、不具合や改善点があれば洗い出してくれ。シシルたちの故郷へ大豆の苗の状態のものを渡すから、頑張って育ててくれ」

「あぁ、まかせろっ‼　この命に代えても必ず育て上げてみせようっ‼」

「いや、枯らしても別に怒らないから。大豆よりも自分たちの命の方を大切にして？」

とりあえず今のところは不安しかないのだが、これが上手くいけば仕入れ先を通さずに醤油や味噌、豆腐などを安く作れるようになるという事である。

はっきり言って現段階で仕入れ先から足元を見られ始め、大豆の仕入れ値が少しずつ高騰し始めているので見切りをつけて自分たちで育てようと思っていた所にある意味で大人数の従業員を雇用できたようなものである。

その面でも大豆を作らない理由はないのでぜひダークエルフたらには頑張ってもらいたい限りだ。

「それで、大豆というものを育てるのは任せてほしいのだが、畑を広げれば広げるほど魔獣からの脅威が増すんだが……なるほど、そいつらと戦って強くなれという事かっ！」

薄々そうじゃないかと思っていたのだがシシル、お前絶対に脳筋だろ？　とは思うものの口にはしない。

「それ、絶対に死人が出る奴じゃないか。死人が出る方法なんて僕は嫌だよ？　ちゃんと魔獣たちに対抗できるだけの魔術を教えてあげるから、それで魔獣と出くわした時は対処して欲しいんだけれど？　とりあえず手始めに風魔術をシシルに教えようと思うから、実際に使えるようになったら今度はシシルが村にいるダークエルフたちへと教えてやってほしい」

「はいっ‼」

そして俺は風がなぜ起きるのか、というのをシシルにコンコンと教えていると、俺たちより少し遅れて入ってきたお父様とお兄様が俺の説明を真剣な表情で聞いているではないか。

お兄様に至ってはノートを広げて、俺の言葉を書き写しているではないか。

「お、お父様……こ、この話が本当であれば風魔術の有用性が上がる大発見レベルなんですが……」

「そうだな。実際に父親である俺も驚いている程だ。そのためこの事はいつも通り他言無用で頼む」

「そうですね。それとこの事はウェストガフ家だけが知っている方がいざという時の武器にもなるでしょうから……」

とりあえず何やら話し込んでいる二人は無視して俺はダークエルフたちの運用方法を考える。

流石に数百人全員を大豆作りに当てるのは多すぎるということで大豆作りと並行して、ダークエルフの隠密(おんみつ)能力を利用して俺の護衛や領地の警備強化に携わってもらう事になった。

勿論(もちろん)、隷属関係にあるからといって無償無休で働かせるつもりも無いので賃金やローテーションをつめていく。

ちなみにシシルにも『これで大丈夫か？　村の事とかおざなりになっていないか？』と聞いてみたのだがむしろ人手を持て余していたそうなので全く問題はないとのことである。

シシル曰(いわ)く、そもそも魔獣から村や住民を守る為に警護に回していたダークエルフたちを調整すれば良いだけとの事だそうだ。

そんな感じで明日にでも護衛のローテーションを組み込んでくれと息巻くシシルを宥めて、その件はダークエルフたちが風魔術を駆使して魔獣たちを一人でも難なく倒せるようになり、魔獣がダークエルフたちにとって脅威ではなくなってからだと落ち着かせる。

流石にここの領地の警備や俺の護衛をさせている間にダークエルフの村や住民が魔獣にやられてしまうなどという事になってしまったら、後悔してもしきれないだろう。

「分かった。では村の者たちには死ぬ気で風魔術を覚えるように言っておく」

「いや、そんな無理に早く覚えようとしなくて良いからね？　むしろそのせいで変な癖がついたり身体が壊れたりしてしまったら逆に風魔術の習得が遅れてしまうからね？　あ、そうだ。ペース配分は僕が考えておくよ」

そして俺の話を聞いて早速無茶しまくりそうな事を言うシシルを宥めて、風魔術を習得するペース配分は俺が考える旨を伝える。

なんか、俺の奴隷たちはちょっと忠誠心が異様に高い気がするのだが気のせいだろうか？

今度一度、話し合ってお互いの考えや価値観を擂り合わせる必要があるだろう。

そんな事を思いながら今日一日が終わっていくのであった。

閑話——裏組織に広がる噂(うわさ)——

帝国を拠点とする裏組織の間でとある噂が広がり始めていた。

その噂によると『裏組織を狩る裏組織』が存在しているとの事であった。

「昨日、ついに【蛇の生首】が潰されました」

「……これで四組織目か。まさか【蛇の生首】がやられるとは思わなかったな」

「どうせ頭(かしら)であるドミニク様が言うように【蛇の生首】も俺たちに見下されない為に虚勢を張っていたんでしょう」

そして部下があの【蛇の生首】が潰されたという報告を持ってくる。

あそこの頭とは旧知の中であり、あいつがそんな初歩的なヘマをして組織を潰す人物ではないと思っていたため、この報告はかなり衝撃的であった。

しかしながら、その組織が潰れてしまった今となっては後の祭りであろうし、潰されたということは頭であったあいつはもう生きてはいないだろう。

「今回も噂の裏組織が関係しているそうです」

「またその話か。少し前からその手の噂話を聞くようになったのだがまずあり得ないだろう」

「と、言いますと？」

「そもそもその裏組織にはダークエルフがいるというではないか。ダークエルフは大森林の最奥に集落を作って暮らしているような種族だぞ？　そんな種族がこんな帝都まで来てやることが何故闇組織を潰すことなのか？　何一つとしてダークエルフにとって旨味が無さすぎる。そう考えると恐らくただのホラ吹きがついた嘘が広まったか、首謀者が自分たちの正体を隠すためにその嘘をわざと広めたかのどちらかだろう」

「なるほど、さすが我らが頭ですね。ダークエルフでないとすると一体誰がこんな事を……」

俺は部下と『裏組織を狩る裏組織』について会話をしながら今夜の活動の準備を始めるのであった。

八章・日常はかくも脆(もろ)く

――白狼(はくろう)族 side――


「お父さんっ‼　私今日は川の方へ行ってくるっ‼」

「おう、あんま深入りはするなよ？　あと暗くなりかけたらすぐに帰って来るんだぞ？」

「分かってるってっ！　『山は直(す)ぐに日が暮れるから』でしょっ！　もう何回も聞いたよっ」

　そう言うとまだ十歳になったばかりの俺の娘ミーティアは元気いっぱいといった感じでいつもカニや小魚を取りに行く川へと、まるで風のように去って行った。

　その間俺と妻は畑の草抜きや収穫をしたり、そして空いた時間には村人たちと会話しながらお茶を飲んだりと、ゆっくりした時間を過ごす。

これが俺たち白狼族の村での一日である。

村のある場所は山奥である為冬は当然帝都と比べれば厳しく、流通という面でも鍋や包丁といった鉄鋼製品や塩等が必要な時は麓まで降りなければならず、それはそれで不便だと思う時は多々ある。

しかしながら都会と違い薪にお金をかける事も無ければ水だって一年中綺麗な水が飲めるのだ。

流石に冬であれば水路や湧き水がある場所が凍ってないか、他の季節であろうとも落ち葉や落石等々、毎朝確認しなければならないので少しだけ手間と言えば手間なのだが、安全な水がいつでも飲めるというのはそれだけでありがたい。

帝都では平民が飲む水は臭くて飲めたものではないらしく、ワインと割って飲むというのを聞いたことがある。

それに自然の恵みも多く、住み辛いという立地条件を加味してもプラスではなかろうかと思ってしまう程だ。

それはただ単に俺がこの村で生まれてこの村で育ったからこそ、そう思ってしまうのかもしれないし、帝都での生活もまた元から住んでいる者が知っている俺の知らない利点がきっとあるのだろう。

　そんな日常が音を立てて崩れようとしている事を、俺を含めて村の者は誰一人として気付くことができなかった。

　そしてその日、娘が帰って来ることは無かった。

◆

　翌日。

　昨夜我が家の娘だけでなく、他に山菜や薪を採りに行った子供たちの半数が戻って来ていないという事で、村人総出で探したのだが見つからず、翌日になった今日本格的に探す為の部隊を作り探し出すことになった。

　元々我々白狼族の子供たちを狙った犯行だったのであろう。

　その為予め子供たちが行くと言っていた場所は他の強烈な匂いで娘たちの匂いが掻き消されていたのだが、その方法は悪手であると言えよう。

　この方法は匂いを消したわけではなく誤魔化しているだけである為集中すれば、三キロ圏内であれば匂いを探し出す事ができる。

「……見つけた」

そう呟いたのは村で一番嗅覚が優れている青年トーザ。彼は魔力を鼻に集中させる事により更に正確に、そして遠くの匂いまで感知でき、その能力を使って娘たちの大まかな居場所を特定できたようである。

その言葉を聞いた俺ははやる気持ちを抑えながらトーザを先頭にして山の中を疾る事三十分。

俺の娘を誘拐した連中に気付かれないように一キロ程手前から走るのを止め、極力音を出さないように慎重に歩いていく。

そしてついにそれらしい一団と縄で縛られた白狼族の子供たちの姿が目に入ってくる。

ここで飛び出せば全てが水の泡になるどころか俺の娘の命まで危ないので今すぐにでも奴らを血祭にしてやりたい気持ちをぐっと抑え、殺気を殺し、息を潜めて確実に一撃を入れる事ができる場所まで近づいていく。

その間、俺と一緒に来た他メンバー四人も今この瞬間の重要性を理解している為、周囲の空気が張り詰めているのが分かる。

「俺たちを追って来たんだろう？　そこにいるのは分かっている」

しかしながら敵もやはり人攫いを生業にしているだけの事はあり、敵と味方を広範囲で判別できる何かしらの魔術具を持っていたのであろう。

「いやぁ、今回もバカ共が釣れましたな」

「本当だぜ全く。しかしこの方法を考えついたリーダーは頭が良いな」

そう言いながら笑う賊なのだが、その賊の背後には賊にとって売り物であろう縄で縛られている子供たちが傷だらけになって転がっているではないか。

「どういう事だ……」

「あ？」

「なんで子供たちに手を出している？　子供たちに傷をつけたら売値にも響くはずだろう？　にもかかわらず、なぜ子供たちを傷つけているんだと聞いている？」

そしてよく見れば腕や足を切り落とされている者までいるではないか。なぜ売値が下がるような事をわざわざ行っているのか俺には理解できない。

「そんなの決まってるじゃねぇか。元々この子供たちは売るつもりは無いからだよ」

そして賊たちはそう言うと『ガヒャヒャヒャッ』と下品な声で笑い始める。

「まぁ、どうせ教えたところで俺たちの不利益になるわけじゃないし教えてやるよ。ここにいる子供たちはお前たちを呼び込む撒き餌(まえ)だって事だよ。そうすれば村の中でも優秀な者たち、いわゆる金のなる木が自ら飛び込んでくるんだからよ。だからあえて怪しまれない範囲でぎりぎり俺たちの匂いを追跡できるようにしたんだよ。そして子供たちを傷つける理由は、万が一雨や風で匂いを探す事ができなかった場合のために血の匂いでお前たちを誘(おび)き寄せる為なんだよ。どうせこのガキたちも村に戻られてこの事を話されても困るから殺すわけだし、有効活用だよ有効活用」

そう言うと賊たちは心底見下したような表情を俺たちへ向けてくるではないか。

この誇り高き白狼族に対してである。

そもそもたかが人族が数人でこの俺たちをどうにかできると思っているその傲慢さに俺は目の前が真っ白になってしまう程の怒りを感じて、俺は相手側に娘が捕まっている事ら思考から掻き消えてしまいただ怒りだけで相手に襲いかかってしまう。

その瞬間、俺は急激に力が入らなくなりそのままの勢いで頭から地面に崩れ落ち、数メートルほど滑ってしまう。

何とか上半身だけ起こして後ろにいる筈(はず)の仲間を見ると同じように崩れ落ちているのが目に入ってくる。

「だから貴様らは馬鹿なんだよっ‼　俺たちがわざわざ見つかりやすい行動を取った理由が『村の精鋭を引き寄せる為』だけかと思ったかよっ‼　あらかじめこの周囲には相手を麻痺(まひ)状態にする魔術を組み込んだ魔法陣を仕掛けていたんだよっ‼　これでお前たちを暴れさせずに無傷で奴隷にする事ができてこちらの被害も最小限で済み一石二鳥って事だな

あっ‼」

そして賊の男は実に嬉しそうに笑いながらそんな事を言う。

その瞬間俺はこいつらの罠に嵌められた事を理解する。

少し考えればこんなところまで移動してまでわざわざ俺たちに見つかるようにした理由など、罠を仕掛けているからだと分かるのだが、娘を拉致された事、不安な一夜を過ごした子供たち、そして傷つけられた娘、さらに白狼族を見下された事などで俺たちはこれが罠だと気付けない程にまで視野が狭まっていたらしい。

その事に罠に嵌まってから気付くのだからなんと間抜けな事か。

普通に考えれば、実力に自信があるのならばこんな周りくどくて面倒臭い事をしなくても村をそのまま襲って、その中で売り物になりそうな奴を選抜していけば良いだけである。

だからこの賊たちは俺たちと真正面から争う実力も無いからこそ、罠だけではなく、念には念を入れて俺たちに考えさせる余裕を無くさせる方法をいくつも仕込んでいたのだ。

それだけ俺たちは白狼族と言う事に奢ってしまっていたのであろう。

こんな自らの力を過信して周りが見えなくなってしまう恥ずかしい父親では、たとえ娘を救えたとしてもどんな顔で会えば良いのか。

「おい、お前ら。コイツらをさっさと捕縛しろ。商品だから傷つけんなよっ‼」

「へいっ‼」

そして賊のリーダーであろう男の一声で部下たちが慣れた手つきで俺たちをみるみる捕縛していき、その流れで奴隷化していくではないか。

その手際からもいい加減な態度は相手を油断させるためであり今回の一連の流れを見ても本来はかなりの頭脳派なのであろう。

そして俺たちは賊たちの罠にまんまと引っかかり、娘を含めた子供たちを助ける事ができないだけではなく、助けに来たはずの俺たちまで捕まってしまう。

こんなバカで情けない話があってなるものかと強い怒りを感じるのだが、強い感情でどうこうできるようであれば今頃俺たちは子供たちを助け出す事ができただろう。

俺たちも日々を生きる為に魔獣や獣を誘き寄せ罠にかけたりして日々命を繋いで来ているのであれば、この賊たちも俺たちを罠にかけてその命を繋いでいくだけであり、その命のやり取りの中で相手が一枚上手であった。ただそれだけである。

普段であればそんな事を考えていたのかもしれないが、その当事者となり狩られる側となった今、頭では理解できていてもそう簡単に納得が行くようなものではない。

白狼族としての誇りなど、どうでも良い。せめて娘だけでもと考えてしまう俺は白狼族として失格なのだろう。

「どうせならこいつらの前でガキどもを嬲り殺してやろうぜっ」

「お、それ良いなっ！」

　そして賊たちは男の子の髪の毛を引っ張って立たせると顔を殴り、腹を蹴飛ばしたかと思うと今度は俺の娘の髪の毛を引っ張って無理やり立たせると、今度は太ももに短剣を突き刺していくではないか。

　その光景を見た俺や仲間が、喉が潰れて血を吐くのではないかという程の声量で止めるように叫ぶのだが、俺たちがそう叫べば叫ぶほど賊たちは『ぎゃはははっ‼』と笑いながら止めるどころか更に酷い暴力を振るっていくではないか。

　目をくりぬいたり腹を裂いて臓物を引っ張り出したりと、そのおぞましい内容に思わず目を背け、子供たちの声にならない絶叫だけが耳に届く。

「子供たちを助けたいか？」

　賊は一通り子供たちを嬲り、子供たちや俺たちの反応が薄くなると壊れたおもちゃのごとく腕を摑んでいる子供を投げ捨てた。そして賊たちに担がれ、予め用意されていた幌馬車へと放り込まれた俺たちが、自分の無力さや情けなさ等を嘆いていたその時、どこからともなく女性の声が聞こえてきた。

　その女性の声は、俺の他に捕縛されて幌馬車に乗せられた仲間たちにも聞こえていたらしく、その声の主を警戒しつつも探しているのが分かる。

「安心しろ。我々はあなた方の敵ではない。そしてもう一度問う。子供たちを助けたいか？　あの場所に放置されたままだと血の匂いを嗅ぎ付け数時間と経たずに野生の動物や魔獣たちに見つかってしまい、まだ助かるかもしれない命があったとしても、この賊たちの行った悪行の証拠と共に跡形もなく食われてしまうだろう。そして賊たちはまた別の場所で同じような誘拐を企てる。当然子供たちを助けるのだから賊も潰すが、どうする？」

どこから声が聞こえてくるのか分からないのだが、確かに聞こえてくるその言葉はまるで悪魔の取引のようであった。

捧げるものは白狼族の生きざまとプライドであり、悪魔は白狼族としての牙をよこせと言ってきているのだ。

しかしながらこの悪魔は一つ勘違いをしている。

俺たちにはもう白狼族としてのプライドなど砕け散っており、その砕け散ったもので良ければいくらでも持っていくがいい。

それに、いまこの状況を打開できるのはこの声の主だけであるので白狼族としてのプライドが無い今の俺には悩む必要など無い。これで子供たちを救えるのであれば安いものだろう。

「助けてくれ……子供たちを、娘を助けてくれっ‼」

「分かった」

そして俺がそう答えると、俺の影からダークエルフの女性が現れるではないか。

いや、俺の影だけではない。

俺と共に捕まった仲間の影からも同様にダークエルフの女性や男性が現れてくるではないか。

「安心しろ。私たちはお前たちの敵では無い。ただ、今までの一連の流れは見ていてな、流石(さすが)に手を差し伸べなければと思ったまでである。それに助けたからといって何かを対価として頂こうとも思っていない。むしろここで対価を頂いてしまったらご主人様兼お師匠様に怒られかねないからな。私がお前たちを助けたいと思ったから助ける。ただそれだけだ」

そしてダークエルフの女性はそう言うと、他のダークエルフたちと共に影の中に入って行き、次の瞬間には御者をしていた賊の首は刎(は)ねられ、幌馬車が停止する。

「おいおい、急にどうしたんだよッ⁉ ここからは時間との勝負なんだぞっ⁉ 分かってんのかっ‼」

そして急に幌馬車が停止した事で後ろから同じく幌馬車でついてきていた賊のリーダー

であろう男性が怒りを隠そうともせずに怒鳴っている声が聞こえてくるのだが、俺たちは手足を縛られているため幌馬車の出入り口に取り付けられている布を開く事ができず、その姿を見る事はできないのだがその声音からもかなり怒っている事が窺える。

しかしながらそのリーダーであろう男性の声も急に聞こえなくなったと思うと再びダークエルフたちが俺たちの影から出てくるではないか。

「賊たちは全員殺した。後は子供たちを助けに行かねば。動けるか？」

「……あぁ、問題ない。ありがとう」

一分もかからず賊たちを倒したところからも、噂通りダークエルフは暗殺が得意な種族であり、できるだけ敵対したくない種族であると恐れられている理由が分かった気がした。

おそらく俺の影から現れたのと同じく賊の影を使って背後から首を掻っ切ったのであろう。

確かに影から現れる能力があればいとも簡単に、そして周囲やターゲット本人に気づかれずに暗殺が可能だろう。

白狼族こそ最高の種族だと思っていた俺なのだが今日一日でそのプライドなど跡形もなく砕け散ってしまう。

ただでさえ粉々になっていたのが、サラサラの砂レベルまで砕かれた今では素直に心の底からダークエルフたちを凄いと思ってしまう。

そしてそのまま子供たちを救出し、一番重傷な者から順番に回復薬を施して行く。

「なぁ、そんなに湯水の如く回復薬を使って良いのか？　使ってくれるのはありがたいのだけれどもそんな金額払えないぞっ？」

「この程度の回復薬で金銭を要求するようなケチなご主人様ではないのでそこは安心して大丈夫だ」

「……ご主人様…………？」

「それに、所詮は回復薬であり欠損部分を再生できるほどの効能は無いからな。あくまでもご主人様が来るまでの応急処置でしかないのに、それに対して金銭を払わせるなどご主人様もきっと望んでないだろうしな」

「……そ、そうは言われてもその回復薬は一年を通して山暮らしである俺たちですら分かるくらいには高価なものであろう？　そんな高価なものを使ってもらって無償というのは流石に白狼族としてのプライドがなくとも俺個人がそれを良しとしない。君たちの話はとても魅力的なのだが、俺たちだけでなく子供たちまで助けてもらい回復薬まで使ってもらったにもかかわらず何もお返しすることができないというのは心が痛む」

それはもう白狼族どうのこうのというレベルではなく、人としてダメだろうと思った俺はそのことをそのままダークエルフへと伝える。

「それは別に構わないが、先ほど使った回復薬の効能は通常の倍以上であり、当然その分値段も跳ね上がり、市場で出回った場合安くても金貨三十枚は必要になる。それを踏まえてそれでもお金を返したいというのであれば、この後ここに来るご主人様に申し出るがいい」

「あぁ、ありがとう、そうするよ。しかしながら先ほどからずっと気になっていたのだが、そのご主人様というのはどういう関係なのか聞いても？」

そして俺たちを助けてくれたダークエルフの口からちょくちょく『ご主人様』という言葉が聞こえてくるので、そのご主人様とはどういう関係であるのか聞いてみる。

言葉通りの意味であればここにいるダークエルフ五名は奴隷であり、そのご主人様という意味であるのだろうが、流石にその言葉通りの意味ではない事くらい俺にも理解できている。

ただでさえ希少種でありこれほどの美男美女である上、賊たちをいとも簡単に暗殺できる強さを持つダークエルフを一名だけならばまだしも五名も揃えるとなると皇族でも難しいだろう――

「ご主人様か？　ご主人様は言葉の通り我々ダークエルフのご主人様であり、私たちとは主従関係にある間柄だな。そして私たちの師匠でもある。もうそろそろ仲間がご主人様をこちらにお連れするはずだから、常識の範囲内で構わない。最低限失礼の無い様にしてほしい」

——と思っていたのだが、そのまま言葉通りご主人様とはこのダークエルフたちのご主人様であり、ダークエルフたちと主従関係にあるというではないか。

一体これほどのダークエルフたちを隷属させ、それだけではなく奴隷から敬われる程の関係を築けている人物とはどんなものなのだろうか？

そう思ったその時、俺は周囲の空気が変わったのを確かに感じた。

そして周囲を見渡せば、いつの間にか数百人ものダークエルフたちが現れており、先ほどまで俺と話をしていたダークエルフの女性含めて全員がある一点に向かって頭を垂れているではないか。

普通であればこれほどの数のダークエルフがいれば流石に俺の鼻が捉えて気付くはずであるにもかかわらず、まったくもって気付くことすらできなかったということに、まず初めに恐怖を感じ、そして次に数百名ものダークエルフが頭を垂れている方角へ目線を移すと、そこには何もない空間があるだけという事に気付く。

なぜダークエルフたちは何もない場所に向かって頭を垂れているのか、そしてどこから
これ程の人数のダークエルフが現れたのか。
それらを考えてみたところで分かるはずもなく、ただただ俺はこの光景を見つめる事し
かできなかった。
そんな時、ダークエルフたちが頭を垂れている場所に変化があった。
それは目に見えるほどの魔力が集まり、そこから見える景色が歪み始めたのである。
そして次の瞬間には、その場所に十代ほどの男性が一人立っていた。
「はっ。こちらでございます我らが主よ」
「急に呼び出すからびっくりしたんだけど、何があったの？」
「智謀に長けている我らが主であれば説明するまでもないかとは思いますが……我が主の
意思を汲み取り行動した結果でございますっ‼」
「は？　……え？　……えっと…………そ、そういう事ね。うん。ちゃんと分かっている
さ。あれだろう？　あれ。うん。良くやった。これからも頼むぞ」
「ありがとうございますっ‼」
そうダークエルフから『我らが主』と呼ばれた男性が話すと、俺の娘たちがいる方角の
ダークエルフたちが横に移動して一本の道ができる。

そして主と呼ばれた男性はその道を歩き出して娘たちの元まで行くと、娘たちの傷、それも切り落とされた腕や足までも、まるで何事もなかったかのように再生させて行くではないか。

ダークエルフたちの主によると『完全に失っていたのならば再生するのに数ヶ月はかかったけれど、切り落とされた身体(からだ)の部位は幸い近くに捨てられていたまま残っていたので、時間も経ってなかったからそれを媒体にすることによって直(す)ぐに治す事ができた』との事だが、どちらにせよ御業(みわざ)と言えるレベルであるのは間違いない。

しかも切り落とされた腕や足や身体の部位が無くとも時間をかければ治せるというのだからやはり御業には変わりないだろう。

兎(と)にも角(かく)にも娘の潰された目に関しても切り落とされた部位同様に治っていく光景を見た瞬間、俺は緊張の糸が切れたのか、もしくは娘の潰された目が治った事で安心してしまったのか、その両方か、心の底からホッとしてしまう。

口では『白狼族としてのプライド』だのなんだのと大層な事を偉そうに言っていたのだが、そんなプライドでは娘一人助ける事もできなかったのである。

しかしながら、目の前で子供たちの傷を治しているお方はどうだ。

獣人など汚(けが)らわしいと蔑む事もなく、ただ目の前の死に瀕(ひん)した子供の傷を癒(いや)し、回復薬まで奴隷たちに持たせてその使い道を奴隷たちに託していたからこそ、娘たちはギリギリのところで助かったのだ。

もし俺が逆の立場であれば奴隷に高価な回復薬をまず持たせないし、襲われている人間やその子供を見ても『臭い人間が少なくなるな』『弱いお前たちが悪い。自業自得だ』などと考えて助ける事もしなければ、回復薬を使うだなんてもっての外であると考えていただろう。

そんな思考を持ってしまうような白狼族のプライドなど彼の前ではゴミのように思えてしまうし、実際そうなのだろうと気付かされてしまうと同時に、そんなくだらないプライドを今まで『死ぬ事よりもプライドを守る事が大切だ』などと言っていたのだから救いようがない。

そして俺はこの時に決意した。

周囲を見渡すと他の俺の仲間たちも同じなのか、覚悟をし終えている表情をしているのが分かる。あの光景を見て俺が思う事があったように仲間もまた同じように思う事があったのだろう。

そして俺たちは件の男性の元まで行くと頭を垂れる。

「我らが白狼族の子供たちを助けていただきありがとうございます。もし貴方様従えているダークエルフがいなければ子供たちの命はなく、我々は奴隷として売り飛ばされていたでしょう。さらに、それだけではなく子供たちの欠損している箇所まで綺麗に再生していただいて、なんと礼を申せば良いのか……」

「いや、そこまで気を遣わなくても良いですよ。そもそもこれは俺の趣味というかダークエルフたちの為（ヒーローごっこの為）にやっているようなものだしね。もしどうしても礼を言いたいというのであればここにいるダークエルフたちに感謝の気持ちを伝えてもらえれば俺はそれでいいよ」

　そして俺たちはダークエルフたちの主であるお方へ礼をしたい旨を伝えてみると、普通であれば奴隷の功績は主人の功績というのが常識であるにもかかわらず、この者は『自分にではなくダークエルフに』と言うではないか。

　これだけでこの者の人となりと器のデカさが分かるというものである。

　確かに俺は既に決意はできているのだが、その選択した未来は決して悪いものではないかもしれないと思えてくる。

「流石、これ程のダークエルフたちを従えた上で尊敬されているお方なだけはある。そして、そんなお方だからこそ俺たちは貴方の奴隷になることを決意したのだ。今は幸い俺たちは主のいない野良奴隷である。野良奴隷のままでは契約できる者がまた村を襲った場合俺たちを無理矢理隷属させて村の者たちを襲わせる事も可能である状況では、村の者たちは安心して暮らせないだろう。ですので、恥を忍んでお願いをするのだが、俺たちを奴隷にしてはもらえないだろうか？」

俺がダークエルフの主に膝をつき頭を垂れ奴隷にしてほしいと懇願し、俺の後ろには仲間が俺と同じように膝をつき頭を垂れる。

「………シシルはそれでいいの？」

「はい。私からもこの者たちと契約していただければと思います」

「……そ、そうか。分かったよ」

そしてダークエルフと少し話し合った後、俺たちを奴隷にすることを肯定してくれたようでホッとしてしまう。

「そ、それでは――」

「その前に、村の者たちにはしっかりと説明をした上で反対されなければ契約する事にしようと思う。それでもいいか？（野良奴隷の状態が危険というだけなので、契約するだけであとは今まで通り白狼族の村で過ごす感じで良いか？）」

「わ、わかりましたっ‼（奴隷となり、ご主人様の役に立てるよう日々精進してまいりますっ‼）」

「うん……？」

「……あれ？」

なんか噛み合っていない気がするのだが、気のせいだろう。

「では、これから村に戻りますので主たちも少し遠いですが是非村までいらしていただきたいっ‼」

そしてこの日、俺は村人たち、その中でも親や子から許可をもらう事ができ、ローレンス様の奴隷となる事ができたのであった。

◆

「では手始めにこの村を襲った組織を壊滅しに行きましょう」

ローレンス様の奴隷になったその夜。ダークエルフたちを纏めているシシルという者が俺たちを集めてそんな事を言うではないか。

しかしながら相手は闇に隠れて行動している犯罪組織である。

組織の拠点を見つけるだけでも難しい上に見つけたところで返り討ちにされて終わりであろう。

それでもダークエルフたちと一緒ならばもしかしたら俺たちを襲った組織を潰せるのかもしれないという淡い希望を持ってしまう。

「そ、それはあなたがたダークエルフたちも一緒に参加してその組織とやらを潰してくれるという事なのだろうか？」

「いや、お前たちの復讐だからお前たち五人だけで潰しに行って貰うつもりだ。しかしながらいきなり奴らの拠点を探せというのも無理があるだろうから拠点探しと案内、そして万が一逃走しようとした奴らの捕縛はさせてもらおうかと思っている。復讐はやはり他人にしてもらうよりも自分の手で行った方がスッキリすると思うんだ。それをわざわざ邪魔するのも野暮だと思うしな」

そしてどうやってその組織を潰すのか聞いてみると、ダークエルフのリーダーであるシシルは『お前たち白狼族でやれ』と言うではないか。

確かにシシルの言っている事は分かるし、俺たちだけでそれができればどれだけ良いか。

しかしながらあの下っ端であろう賊たちにすら簡単に出し抜かれて奴隷にさせられた俺たちでは拠点を潰すなどできないことくらい一番よく分かっている。

「そう心配そうな顔をするでない。今から一週間のうちにお前たちをしっかりと鍛えてやろう。それこそお前たちを襲った賊の拠点など一人でも簡単に捻り潰せるくらいにはしてやる。とは言ってもご主人様に教えてもらった方法だから私たちダークエルフが凄いわけではなくて、その方法を知っていたご主人様が凄いわけで、当然奴隷以外の他人にこの方法を話すことなどはできないがね」

　そんな俺たちの不安をシシルは感じ取ったんだろう。俺たちを賊の拠点など簡単に潰せるくらいに鍛えてやると言っている。しかもたった一週間以内である。

　普通に考えればまずあり得ないのだが、だからこそ俺たちはその鍛える方法が気になって仕方がない。

　この話がもし本当であれば命が幾つあっても足りない気がするんだが……？

「ち、ちなみにどのような方法で鍛えていただけるのか？　それは俺たちの命に危険が及ぶような事ではなかろうか？」

　なので俺はシシルに鍛える方法を聞いてみる。

「私たちも最初はそんな事を思ったけど、蓋を開けてみれば全然大した事ないから大丈夫だ。とあるダンジョンまで行って宝石スライムが湧き出る部屋で延々とそれを狩り続けるだけだ」

「ほ、宝石スライム……確か宝石スライムは一度目にするだけでも運が良いと言われる程の希少種なのではないのか？　そんな希少種が大量に湧き出る場所があれば既に噂になっていてもおかしくないと思うのだが？」

そして俺はシシルに聞いてみると『宝石スライムが湧き出る場所があるからそこでレベルをひたすら上げる』とかえってくる。

この宝石スライムとは一回倒せばレベルがかなり上がるという幻のスライムであり、出会えるだけでも幸運と呼ばれる程希少種のスライムなのである。

それだけではなくごく稀(まれ)にドロップされる宝石もまた一生遊んで暮らせるだけの値段で取引される。

それ程までに希少であるスライムが湧き出る場所があるのであれば噂になっていないとおかしいにもかかわらず俺はそんな噂を今まで聞いたこともない。

その為シシルの言っている事を疑っているわけではないのだが、信じろと言われても流石にそのままを信じることはできず、思わず聞いてしまう。

「その気持ちは凄くわかる。私も初めご主人様に教えてもらった時は半信半疑ではあったが、確かにこれは噂にもならないなと納得したもんだ。じゃそういう事だから早速行くとしようっ！」

「は？　ちょっ⁉　うわっ⁉　身体が影に沈んでいくっ‼」

「舌を噛(か)むから少しだけ黙っておけっ」

そして俺は返事をする間も無くシシルに首根っこを掴まれ、宝石スライムが湧くという場所まで連れていかれる。

しかも影に沈んだと思った次の瞬間には今までいた山の中ではなく草木が一本も生えていない岩山が目の前に広がっているではないか。

「こ、ここは一体……」

「ここは火竜の棲家として有名な帝国の東側にあるヒエストロ山脈の奥地だ」

「は？　今なんと？」

「うむ、分かるぞその気持ち。私も初めは同じ気持ちだったからな。ではもう一度言おう。ここは帝国の東側にあるヒエストロ山脈の奥地だ。だからこそ人族は今までこの宝石スライムが湧き出る場所を見つけ出す事ができなかったのだろうな」

そしてシシルに今いる場所を聞いてみると『帝国の東側にあるヒエストロ山脈』と言うではないか。

このヒエストロ山脈は火竜の棲家として有名であるのだが、まずそこら辺にいる魔獣でさえ人族では勝てないようなレベルのものがゴロゴロしているのである。

そのどれかを一匹でも討伐することができればそれこそ英雄扱いされるような山脈の奥地に目的地があるのだとすれば、確かに今まで噂にすらならなかった理由が分かった。

そしてSランクである冒険者パーティーですら倒すのが難しいとされるサラマンダーやグリフォンなどをシシルはまるで野ウサギか何かを狩るかの如く腰に差している細身の剣で簡単に切り飛ばしていくではないか。

普通に考えてあり得ない光景なのだが、実際に目の前で起きているので事実である事は間違いなく、それがまた俺の中の価値観をおかしくさせていく。

ともすれば俺も、もしかしたらシシルのように簡単にサラマンダーやグリフォンを討伐できるかも、なんて思えてきてしまうので恐ろしい。

今まで噂の一つも出なかったのは、これら魔獣たちが最高のセキュリティーの役割をしているからだろう。

「ほら、ついたぞ。ここだ」

そしてシシルと共に数十メートルほど歩くと、とある場所を指差して『ここだ』と言うではないか。

「ここって、岩しか無いのだが……？」

シシルが指差している場所なのだが、今まで見てきた岩山の風景と何も変わらず、赤みを帯びた岩がゴロゴロと転がっているだけである。

「あぁそうだ。一見すれば何も無いように見えるのだが、実は隠しダンジョンになっているのだ」

そしてシシルは悪戯（いたずら）が成功したような表情を浮かべ、さらに一歩踏み出すと、目の前の地面が一気に隆起し、ダンジョンの入り口が現れる。

「討伐難易度が高レベルの魔獣が蔓延（はびこ）り、ダンジョン自体までもぱっと見では分からない。こりゃ、今まで見つからないわけだな」

「感心しているところ悪いが、早速このダンジョンでレベルを上げてもらおうか」

「おわっ⁉」

そしてある種の感動にも近い感情に浸る間も無く俺はシシルによってそのダンジョンへ突き落とされるのであった。

◆

「どうだった？　この一週間は」

「そうだな……最初こそはいきなり突き落とされる形でダンジョンへ半ば無理やり入らされて戸惑ってはいたのだがシシルの言う通り宝石スライムしか出ず、ある意味で拍子抜けであったな。あと初めて宝石スライムとやらを見た時こそ興奮したのだが、あんなにうじゃうじゃと現れてはすぐにその興奮も冷めてあとは単純作業の繰り返し。本当に強くなったのかすら疑問に思えてくるほどだな」

あのスライムたちが本当に宝石スライムだと言うのであれば、間違いなく今の俺たちはとんでもなく強くなっているのであろうが、この一週間は宝石スライムしか狩っておらず、実感がまったく湧かない。

「あぁ、その気持ちはよくわかるぞ。私もご主人様に初めてここへ連れられてきた時はそうだったからな。というわけで手始めにあそこにいるサラマンダーを討伐してこい」

「え？　はい？　ちょっ⁉　流石にいきなりサラマンダーは無理だっ‼　だから押すなっ‼」

「お前の股間についているものはただの飾りか？　御託はいいからさっさと行ってこいっ‼」

そして俺が『レベルが上がった実感が湧かない』と言うとシシルは俺にサラマンダーを討伐してこいと、ちょうど目の前で威嚇行動を取ろうとしているそれに向かって俺を蹴飛ばすではないか。

こうなればもうやけだ。レベルが上がった事を信じて討伐するしかない。

そう思って俺は腰の剣でサラマンダーに切り掛かる。

するとサラマンダーはまるでバターを切るかのように簡単に切れるではないか。

そして俺は自分でも信じられないほど呆気(あっけ)なくサラマンダーを倒してしまう。

その代償として俺の剣はたった一振りでダメになってしまった。

おそらくサラマンダーの硬い皮膚や今の俺のレベルに耐えられなかったのであろう。

一応剣はできるだけ良いものを選びちゃんと手入れしてきた筈(はず)なので、その剣がたったの一振りでダメにされたのを見てレベル上げをする前の俺であれば間違いなくサラマンダーに傷ひとつすら付けることができなかっただろう。

「剣が潰れてしまったか。だがレベルが上がったお前にはちょっと物足りなかったのだろう。それなら宝石スライムを討伐した時に入手した宝石を売って自分に合ったレベルの武器を買い換えれば良いさ」

そして俺の潰れた剣を見てシシルは今回の戦利品を売って新しい武器を買い換えれば良いと言うではないか。

「そ、それは我らがご主人様が本来得るべき戦利品を我々でくすねるという事か？」

「違う。そうではない。我々が討伐して稼いだ分の二割はご主人様に渡して残った分は全額自分たちで使って良いとご主人様から許可は得ているから問題ないぞ」

「はい？」

一瞬シシルの言っている事の意味が分からなかった。

奴隷が稼いできたお金を、稼いできた奴隷が好きに使って良いなんて話なんか聞いたことがない。

これでは何の為にご主人様は奴隷を受け入れているのか分からないではないか。

「じゃ、早速貴様の村を襲った裏の組織を潰しに行くか。確か【蛇の生首】という組織だったかな？　今のお前だったら一人でも壊滅できるだろう」

そしてシシルはまるで散歩にでも出かけるかのような雰囲気で今から俺たちの村を襲った組織を潰しに行こうと言うと、ここへきた時と同じように俺の首根っこを摑んで影に沈んでいく。

その夜、裏の組織が一つ消えるのであった。

◆

「という訳で、先日見事に白狼族たちだけで裏の組織の一つである【蛇の生首】を壊滅する事ができたぞっ」

「ふむ…………ふむ？　え？　何で？」

「この【蛇の生首】という組織が白狼族の村を襲った組織だった事を突き止めたからなっ！　白狼族たちも復讐ができたと大喜びであったぞっ！」

「………なるほど。でも一般人には迷惑をかけないように気を付けるようにね」

暖かな陽気の中のんびりと過ごしていた所に部屋の扉がノックされた為通すと、どこか誇らしげなシシルが入って来て『白狼族たちを使って裏組織である【蛇の生首】を壊滅してきた』と言うではないか。

内容が内容なだけに一瞬理解できなかった程である。

そしてシシルはというと、まるで良い事をした（と本人は思っている）ので褒めて欲しそうにしている大型犬のような表情で俺を真っすぐと見つめて来る。

でもまぁ確かに悪い事ではないし世間的にも良い事であるのは間違いないのだけれども、奴隷たちには危険な事は極力してほしくない為労いの言葉はかけつつも一応釘は刺しておくことにする。

奴隷たちは俺の稼ぎに直結するからな。

「シシル良くやった。裏の組織一つを壊滅できる程までに白狼族たちを育ててくれたのならば、もう白狼族たちが襲われても大丈夫だろう。それとシシル、白狼族の村がピンチの時は避難先としてこの屋敷まで子供や老人など戦闘が苦手な者たちを影を通し送ってやって欲しいんだが大丈夫か？」

「その時は我々ダークエルフも助太刀いたす」

返事が良いのは良いことなのだが、なんかシシルは毎回脳筋臭い気がする為、だからこそしっかりと伝えるべきことは伝えるべきだろう。

「それは助かる。あと、これはダークエルフだけではなくて白狼族や他の奴隷たちにも伝えて欲しいのだけれど、自分の命を最優先にしてくれ。少しでも危ないと思ったら撤退するように。そもそも勝てない敵には歯向かわないようにな」

「承知したっ‼　あ、あと……その……」

「うん？　どうした？」

「あ、頭を撫でてもらえないだろうか？」

「あぁ、それくらいならばお安い御用さ。シシル、頑張ったね」

「あ、ありがとうございますっ！　ありがとうございますっ！」

そしてシシルは褒められて興奮する大型犬のような表情で影の中へと沈んでいった。

「あの、ご主人様？　私も普段から頑張っているので、その……」

「フレイムも頭を撫でてあげるからこっちにおいで」

「はいっ！」

そしてちょうど俺の隣にいたフレイムから頭を撫でる事をおねだりされたのでフレイムの気がすむまで撫で続けるのであった。

近い将来、俺はこの時に奴隷たちが裏で何をやろうとしているのかもう少し踏み込んで阻止するべきであったと後悔するのはまた別の話である。

閑話――奴隷たちは考える――

「かなり秘密結社として動ける奴隷（仲間）が増えてきましたね」

私、マリアンヌ、キースの三人であった奴隷たちはここ数年でダークエルフ数百人に白狼族数名が加わり、一気に大所帯となった。

「そうですね、これでより一層裏の世界で我々の存在は大きくなり、それこそ帝国どころか他国ですらも裏の世界を支配できそうなほどには。俺はできる事ならば一日でも早くそうしたいですねぇ……」

そして私の言葉を聞いたキースがこのままの勢いで裏世界の勢力図をご主人様の為に一日でも早く塗り替えたいと言うと、それに続いてマリアンヌとシシルに白狼族ミーティアの父親であるダルスとトーザまでも『うんうんっ‼』と首を大きく縦に振るではないか。

その件に関しては私も同意であるのだが、ただ闇雲に裏世界に勢力を拡大していって足をすくわれてしまっては本末転倒である。

攻めるにしても防衛にしても、勢力範囲を広げていけば広げていくほど難しくなり、そしてそこを突かれて瓦解しかねないのである。

それは言い換えると『誰かが死ぬ可能性が高まる』という事であり、それはローレンス様から念を押されている『安全第一』という事を反故にしてしまうという事になりかねないのである。

勿論私たちが秘密結社として活動するという事は危険を冒していくという事でもあるのだが、それと『無闇に勢力を拡大させていき、危険な状態にしていく』のは話が別な訳で……。

「そうですね……皆様の気持ちも分かりますが、ご主人様が私たちの安全を第一に考えてくれている限りは、今よりも戦力が高くなり『確実に安全である』と判断できるまでは今のままで行こうと思います。それまでは皆各自で力をつけていく方が良いのかと」

「それもそうですね」

「万が一無理に勢力を拡大しようとした結果、誰かが死んでご主人様が悲しむような事が起こるのだけは避けたいものね……っ！」

そして私は、取り敢えず今は安全に勢力を拡大できると思えるだけの戦力が揃うまで大人しくして力を蓄えておこうと言うと、キースとマリアンヌが返事をくれて、他のみんなもそれに賛同してくれる。

そもそもこの秘密結社にしても『ご主人様の喜ぶ顔が見たい』『ご主人様の役に立ちたい』という想いから作られたのであり裏の世界を牛耳る為に作られたのではない訳で。

「では、今よりもこの秘密結社が磐石になるまでは基本的に帝国を中心に悪事を働く組織を潰していくという方針で、帝国の外の組織を潰したい時は一度集まってみんなの賛成を得た場合のみという事で良いですか？」

「それで大丈夫です」

「私もそれでかまいませんっ！」

「あぁ、かまわないぞっ‼」

「俺もそれでかまわない」

「右に同じく」

そして私が今後の方針を伝えると、キース、マリアンヌ、シシル、ダルス、トーザ全員が賛成してくれたので、当面はこの方針で活動していく事で各自解散するのであった。

エピローグ

　奴隷たちの行動がここ最近怪しいとは思っていた。白狼族の一件にてやはり俺の勘が当たっていた事に気付くのだが、取り返しのつかない事になる前に気付けて良かったと思うべきだろう。

　それこそ、他国と繋がった裏の組織を潰してしまっていたのならば最悪だ。

　その場合最悪他国とのいざこざに巻き込まれかねないというか、世界各国から命を狙われてもおかしくない状況になっていただろう。

　そんな事を思いながら俺は奴隷たちを中庭へと呼び寄せる。

「それで、いつからお前たちは裏で組織を作っていたんだ？　あの状況を見れば予め組織立って行動しているように思うんだけど？」

　そう俺は今思っている疑問（ほぼそうだろうと確信している）を奴隷たちに投げかけると、それを聞いた奴隷たちは『待ってました！』とばかりに何故か目をきらっきらさせながら誇らしげな表情になるではないか。正直言って嫌な予感しかしない。

そんな奴隷たちを代表してフレイムが話し始める。

「実はご主人様の奴隷である私たちは、ずっと考えておりました。なぜご主人様は私たちが稼いだお金を全て受け取らないのか。何故ご主人様は私たちに武術や魔術など戦う術を教えてくれるのか。そして私たちはその理由を皆で知恵を寄せ合い一緒に考えた結果、一つの答えにたどり着いたのですっ‼」

もしこれがアニメか漫画であればフレイムが言い終えた後『ドドンッ‼』と効果音が付きそうな程の勢いに俺は思わず怯んでしまう。

それと同時にこれ以上聞きたくない、聞いたら終わりだという勘が俺の脳内で警報を鳴らしまくっているのだが、ここは奴隷の主としてどんな結果であろうともしっかりと聞かなければならないだろう。

「そ……それで、そのたどり着いた答えというのは……？」

「それはこの国の裏に蔓延る悪い組織を根絶やしにしていく為の秘密結社を奴隷たちだけで作り、この国の秩序を裏側から守るという事ですっ‼‼」

フレイムが言った言葉を何度も脳内で反芻するのだが、ただただ『どうしてこうなった？』と思うばかりである。

俺、一言も『奴隷たちを使って、裏に潜んでいる悪い組織を同じく裏側から潰す組織を作りたい』や、またはそれに近いニュアンスの言葉を話した覚えが一切ないのだが……なんでこんな事態になっているのだろうか？　あぁ、胃に穴が開きそうだ……。

しかしながら、フレイムから聞き出した内容は想像していた中でも最悪の結果ではあるのだけれども、だからこそ今気付けて本当に良かったとも思う。

そう、最悪の結果ではあるものの『比較的早期に気付けた』という事でもあるのでここから軌道修正して行けば良いだろう。

「そ、そうか。とにかく君たちに怪我もなく本当に良かったよ。そして、俺としては君たち奴隷も家族として思っているからできれば危ない事は避けて欲しいんだけど……？」

「そこは大丈夫ですっ!!」

そうと決まれば早速話をさり気なく『危ない事をさせない方向』へ持って行くのだが、フレイムが自信満々に『大丈夫』だと答えるではないか。

一体何が大丈夫だと言うのか？　聞くのも怖いんだけど？

「そ、そうなの？」

「はいそうですっ!!　ご主人様に鍛えていただいたおかげで、そこら辺の裏組織程度であれば私一人でも壊滅できるくらいには安全ですからっ!!　それに、少しでも強そうな者がいるという情報が入って来た場合は複数人で行動するようにしていますし、当然情報収集はダークエルフたちのお陰でばっちりですっ‼　安全対策に抜かりはありませんっ‼」

違う、そうじゃない。

そう言いかけるのだが寸前のところで何とか耐えきる事ができた俺を誰か褒めて欲しい。

「ち、ちなみに今までどんな組織を潰して来たのか教えてもらえたりするのかな……？」

あぁ、胃がキリキリと痛む……。

「是非っ！　ご主人様が聞きたいことがあれば何でも仰（おっしゃ）ってくださいっ‼　しかしながら大層な事を言った割にはまだ数えるほどしか潰してないのですが……先日潰した【蛇の生首】に――――最初に潰したのは【地獄の番人】ですね」

そしてフレイムは今まで潰した組織の名前を、指を折りながら言っていくのだが、最後の最後で最も聞きたくなかった名前を聞いた気がするのだが気のせいだろうか？

確か俺の記憶が正しければ【地獄の番人】は王国と繋がっている気がするんだけど……。

しかも俺にはマリアンヌの件もあり、裏組織を潰した事によって刺客を送られればマリアンヌの存在が王国側にバレてしまうリスクもかなり高くなってしまう訳で……。

現実逃避をしたいところだけれど、ここは奴隷たちの安全の為（ため）に腹を括（くく）るべきだろう。

そうと決まれば話は早いわけで。

「な、成程……。凄（すご）いな、お前たち。良くやった」

「「「あ、ありがとうございますっっ‼」」」

しかしその前に、俺に褒めて欲しくて仕方がないと待っている奴隷たちの事を一旦労（いたわ）ってあげる。

なんだかんだ言っても奴隷たちが俺の為に動いてくれたことには変わりないしね……相談はしてほしかったけど。

そして俺は覚悟を決めると奴隷たちに話す。

「さすが俺の奴隷たちだっ‼　俺の指示をただ待つのではなく自主的に行動するとは流石（さすが）だっ‼　では、正式に秘密結社を作ろうっ‼」

どうせここで秘密結社を解体したところで王国から刺客が来るリスクが消える訳もなく、奴隷たちの士気が下がってしまうかもしれないのならば解体せずに俺の手が届く範囲に置いて暴走しないように目を光らせながらコントロールした方が良いだろう。

そして、俺の言葉を聞いた奴隷たちは嬉（うれ）しそうに喜んでおり、その姿を見た俺はこれからが大変だと思うのであった。

あとがき

　初めに、この本を購入してくださった皆様、ありがとうございます。そして制作にあたってかかわってくださった皆様、特に担当編集様とステキなイラストを描いてくださったあゆま紗由先生、ありがとうございます。

　そして初めましての方は初めまして。作家名でございますが『Crosis』と書いて『クローシス』と読みます。

　この作家名に関しては漫画原作としてデビューする時に大丈夫か一応確認しており、大丈夫との事なので大丈夫でしょう。

　何の事だと疑問に思った方は、なにも聞かなかった事にしておいてください。

　それはさておき、ありがたい事にあとがきのページ数を三ページもいただきましたが、何を書いて良いのか、そして書く事もこれと言ってないのでどうしようかと悩んでおります。

　もともと私は漫画家志望でございましたが人生分からないもので、気が付いたらライトノベル作家として爆誕することとなりました。

ライトノベルに関しては漫画のネタを書き溜めていたモノを一度文字で書き起こし、ウェブ小説へ投稿するというのをやっておりまして、それがこうしてラノベ作家としてデビューできるとは露ほども思っておりませんでしたので今回のお話をいただいて、そしてこうして本になる事が決まった今現在でも実感がなく、なんだか夢の中の出来事のような気分でございます。

そもそも私自身学がある方ではないので文字という媒体で勝負する職業、作家というものには縁遠いものであると思っていたので猶更でございます。

両親からしても「二十七までは漫画家を目指すから就職せずにフリーターで実家からも出ずに生きていくつもりだ」と言っていたバカ息子が漫画家ではなくライトノベル作家になったと聞いて「何言ってんだこいつ？」とさぞ思った事でしょう。

しかし今思い返してみれば漫画家になると言って様々な映画や漫画、アニメにライトノベルを馬鹿の一つ覚えのように夏休みは一日七本の映画を観たり、部屋の壁はすべて本棚となり、それでも置き場がなく床に積み上がっていった漫画やライトノベルは私の血肉となっていたのでしょう。

今では一人暮らしをしている二部屋の壁全て本棚となり、それでも足りない状況でそろそろ引っ越しを視野に入れているほどです。

　そんな私が今回書かせていただいた作品ですが、もともとハーレムがあまり好きではない、というのもハーレム物のラストでヒロインを一人選ばなければならないというのが昔から苦手で、異世界ものなのでハーレムエンドで良いじゃんとは思うものの苦手意識が無くなる訳でもなく、しかしながらトレンドはハーレムなので書いていましたが妙にしっくりこず、気が付いたらギャグ路線になっていたり……。その為次の作品はどうしようかと考えた結果『奴隷』にするという今回の作品ができ上がった次第でございます。

　ちなみにあくまでもヒロインがフラれる描写が苦手というだけでハーレム作品自体は嫌いではないです。

　こんな私が書いた作品でございますが、楽しんでいただければ幸いでございます。

　最後になりますが今一度、この作品にかかわってくださった皆様、そして購入してくださった皆様、ありがとうございます。

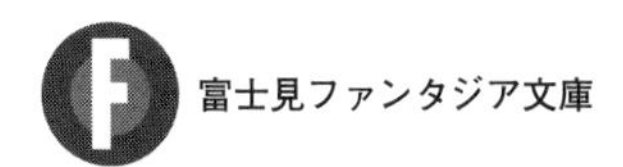

転生したら奴隷使役と回復のスキルを持っていたので遊び半分で奴隷だけの秘密結社を作ってみた

令和7年2月20日　初版発行

著者——Crosis（クローシス）

発行者——山下直久

発　行——株式会社KADOKAWA
〒102-8177
東京都千代田区富士見2-13-3
0570-002-301（ナビダイヤル）

印刷所——株式会社暁印刷

製本所——本間製本株式会社

ISBN978-4-04-075670-7 C0193　◇◇◇

これは世界を救う

久遠崎彩禍。三〇〇時間に一度、滅亡の危機を迎える世界を救い続けてきた最強の魔女。そして——玖珂無色に身体と力を引き継ぎ、死んでしまった初恋の少女。

無色は彩禍として誰にもバレないよう学園に通うことになるのだが……油断すると男性に戻ってしまうため、女性からのキスが必要不可欠で!?

シン世代ボーイ・ミーツ・ガール!

1

王様のプロポーズ

King Propose

橘公司
Koushi Tachibana

[イラスト]——つなこ

最強の初恋
シリーズ
好評発売中!
ファンタジア文庫

だって学園の誰より
兄さんのが
強いですから
STORY
妹を女騎士学園に送り出し、さて今日の晩ごはんはなににしよう、と考えていたら、なぜか公爵令嬢の生徒会長がやってきて、知らないうちに女王と出会い、男嫌いのはずのアマゾネスには崇められ……え？　なんでハーレム？

ティナ
四大公爵家のひとつ、ハワード家に生まれた公女殿下。なぜか誰でも扱える程度の魔法すら使うことができない。
変えるはじめましょう
アレン
公爵令嬢ティナの家庭教師を務めることになった青年。魔法の知識・制御にかけては他の追随を許さない圧倒的な実力の持ち主。
発売中!